大阜島 地域語의 通時音韻論

大阜島 地域語의 通時音韻論

이 복 영 지음

한국학술정보[주]

머리말

　이 책은 중부방언의 하위방언인 경기도의 大阜島 지역어에 대한 通時的 음운 변화를 다룬 글이다. 언어사 연구에서 문제가 되는 것은 전시기의 언어 현상을 충분히 관찰할 수 있는 자료이다. 기 점에서 우리는 國語史 연구를 만족하게 할 수 있는 충분한 자료를 가지고 있지 못하다. 이러한 부족을 보충할 수 있는 한 가지 방안은 方言을 통한 국어사의 재구성이다. 방언을 대상으로 그 방언에 대한 각 시대의 언어 실태를 알 수는 없으나 形態素 內部에 남아 있는 변화의 결과를 정밀하게 분석하고 서로 다른 변화들을 관계 속에서 고찰한다면 , 각 변화의 상대적 발생 순서를 밝힐 수 있다. 이것이 저자가 대부도 지역어에 대한 통시 음운론적 연구를 하게 된 이유이다.

　방언 연구는, 統辭 면에 있어서는 문장 구성의 원리나 다양한 통사 현상을 실현시키는 각 종 어미들의 의미 특성이나 통사 기능을 밝히도록 행해져야 하며, 語彙 면에서는 어휘에 반영되어 있는 조어법의 원리나 어휘 의기, 그리고 어휘 내부에 화석화된 그 방언의 통시 음운론을 지배하는 규칙을, 音韻 면에서는 共時的 음운 현상을 지배하는 규칙을 밝히도록 행해져야 한다. 방언 연구의 바탕을 이루는 방언 자료는 대상 방언의 언어 사실을 체계적으로 파악할 수 있을 만큼 최대로 다양하게 수집되어야 하며 모아진 자료는 충분히 신뢰받을 수 있어야 한다. 국어 방언 연구는 오랫동안 국어사 연구를 위한 보조적 위치를 벗어나지 못했으며 연구의 중요성도 강조되었던 것만큼은 인정하지 않았다. 그러나 아직도 국어 방언 연구 분야는 새로운 연구 방법의 모색 과정에 있으며 개척되지 않은 분야도 많다. 방언 연구가 독자적 지위를 확보하고 그 의의와 중요성이 다시금 강조되기 시작한 것은 그리 오래 되지 않았다.

아직은 연구 경력이 일천하여 단정적인 발언이 어려운 실정이지만, 그간의 연구에서 얻은 것이 있다면 첨가어인 국어의 음운 현상에는 生成 음운론적인 설명이 어려운 일면이 존재한다는 것과 어느 한 방언이나 지역 자료를 바탕으로 국어의 음운 현상을 일반화할 만큼 그렇게 국어가 단순한 것이 아니라는 것 등이다. 저자는 이 책에서 '대부도 지역어'를 통하여 이러한 생각을 구체화시켜 보려고 하였다.

이 책이 어떤 평가를 받을 것인지는 현재 누구도 말할 수 없다. 그러나 이 책이 있기까지는 여러분의 도움이 많았다. 먼저 學問과 학문하는 것이 어떤 것인지를 깨우쳐 주신 은사 김완진 선생님, 이기문 선생님께 감사드린다. 특히 대학원 전 과정에 걸쳐 지도교수로서 애써 주신 진태하 선생님께 감사드린다. 그리고 원고를 읽고 잘못을 지적하여 주신 최명옥 선생님께 감사드린다. 항상 조언과 충고를 아끼지 않은 선배님과 동학 여러분께 감사드린다. 끝으로 이 책이 간행될 수 있는 기회를 마련하여 주신 한국학술정보(주) 채종준 대표 이사님과 박주선 선생님께 감사드린다.

2006. 7.

저 자

圖 目次

凡　例

1. 本稿에서 사용된 音素 및 音聲 字母는 다음과 같다.

　　子音

　　/p/(ㅂ) [p], [b]　　　/p'/(ㅃ) [p']　　　/ph/(ㅍ) [ph]
　　/t/(ㄷ) [t], [d]　　　/t'/(ㄸ) [t']　　　/th/(ㅌ) [th]
　　/s/(ㅅ) [s]　　　　　/s'/(ㅆ) [s']
　　/c/(ㅈ) [ʧ], [ʤ]　　/c'/(ㅉ) [ʧ']　　　/ch/(ㅊ) [ʧh]
　　/k/(ㄱ) [k], [g]　　　/k'/(ㄲ) [k']　　　/kh/(ㅋ) [kh]
　　/m/(ㅁ) [m]　　　　/n/(ㄴ) [n]　　　　/ŋ/(ㅇ) [ŋ]
　　/h/(ㅎ) [h]　　　　 /?/(ㆆ) [?]　　　　/h'/(ㆅ) [h']
　　/β/(ㅸ) [β]　　　　 /z/(ㅿ) [z]

　　母音

　　/a/(아) [a]　　　/ə/(어) [ə]　　　/o/(오) [o]　　　/u/(우) [u]
　　/ɨ/(으) [ɨ]　　　/i/(이) [i]　　　/e/(에) [e]　　　/ɛ/(애) [ɛ]
　　/ɛ/: /e/(에)와 /ɛ/(애)가 중화된 것 [ɛ]
　　/ɜ/: /ɨ/(으)와 /ə/(어)가 중화된 것 [ɜ]
　　/ja/(야) [ja]　　　/jə/(여) [jə]　　　/jo(요) [jo]　　　/ju/(유) [ju]
　　/wa/(와) [wa]　　/wə/(워) [wə]　　/wi/(위) [wi]　　/wɛ/(웨/왜) [wɛ]
　　/ʌ/(ㆍ) [ʌ]

2. *: 再構形을 표시함

3. /: '또는'을 표시함. 예. A/B: A 또는 B

4. / /: 音素表示

5. [ ]: 音聲表示

6. A(=B): B는 A에 대한 標準語임을 표시함

Ⅰ. 序　論

1.1. 硏究 目的

이 연구는 중부방언의 하위방언인 경기도의 大阜島 地域語에 대한 통시 음운론적 연구를 목적으로 한다. 1910년대 초에 과학적인 방법에 의한 국어 방언 연구가 시작된 이후 국어 방언의 연구는 이제 30년의 역사를 가지게 되었다. 그동안 많은 연구자에 의하여 크고 작은 단위의 방언에 대한 수많은 연구가 이루어졌다.[1] 그러나 연구지역이나 연구 분야가 일부에 편중되어 있어서 국어 전체에 대한 전반적인 이해는 아직도 어려운 형편에 있는 실정이다.

이제까지의 방언 연구를 '방언의 통시 음운론적 연구'에 한정시켜 보면, 연구 주제나 연구 대상지역이 매우 편중되어 있음을 알게 된다. 방언에 대한 통시 음운론적 연구 주제는 소멸된 음소 'ㅸ, ㅿ, ㆍ'나 어 중의 'ㅂ, ㅅ, ㄱ', 구개음화, 움라우트, 二重母音의 변화 등에 거의 한정되어 왔다. 그리고 그러한 주제들이 어느 한 방언에 대하여 체계적으로 연구된 경우는 극히 적었다.[2] 게다가 연구 대상 방언도 거의

---

[1] 1910년대에서 1985년까지의 국어 방언 연구 논저목록은 韓國精神文化硏究院(1979b, 1982, 1985)에 수록되어 있으며, 대단위 방언 연구에 대한 개관은 韓國精神文化硏究院(1979a)와 金英培(1986, 여름), 玄平孝(1986, 가을), 崔明玉(1986, 겨울), 李敦柱(1987, 봄), 李丞宰(1987, 봄), 都守熙(1987, 여름), 李翊燮(1987, 가을), 李秉根, 朴慶來(1988, 봄)와 金英培 편(1992) 등에 수록되어 있다.

동남방언에 집중되어 있었다.

이 사실은 방언 연구가 국어의 역사적 연구에 적극적으로 기여할 수 있기 위해서는, 국어를 구성하는 여러 하위방언의 연구가 균형 있게 이루어지고, 지리방언학적 연구는 물론 개별방언에 대한 체계적인 연구가 이루어져야 할 것을 의미한다. 필자가 大阜島 地域語에 대한 통시 음운론적 연구를 하려고 하는 것은 이러한 이유에서이다.

1.2. 方言研究와 國語史研究와의 關係

잘 알려져 있는 바와 같이, 방언을 연구 대상으로 하는 방언학은 역사·비교언어학이 가진 한계를 보충하기 위한 목적으로 시작되었다. 한 언어를 구성하는 여러 요소를 한 시대의 현상으로 고립시켜 연구하는 경우에 많은 인위적인 법칙이 실정될 수 있으며 아울러 합리적으로 설명할 수 없는 많은 예외들이 존재할 수 있다. 그러나 그것들을 역사적 관점에서 고찰하는 경우에는, 공시적으로 설명할 수 없었던 많은 사실들이 설명될 수 있으며 예외적인 것으로 생각되었던 것들이 그 나름대로의 규칙을 적용받은 것임을 알 수 있게 된다.

그에 해당되는 한 가지 예로서 이 지역어에 존재하는 소위 'ㅎ' 변칙동사의 음운현상을 들 수 있다. 예컨대 형용사 '파랗-'과 '좋-'에 어미 '-고, -으니, -아도'가 統合되는 경우에, 前者는 '파라코, 파라

---

2) 단일 지역어에 대한 체계적인 통시 음운론적 연구로는 崔明玉(1982), 朴昌遠(1983), 崔林植(1984), 李東華(1984) 등이 있다.

니, 파래도'의 활용형을 보이고 後者는 '조코, 조오니, 조아도'의 활용형을 보인다. 두 동사의 활용형은 子音으로 시작하는 어미와 統合하는 경우에는 동일한 음운현상을 보이지만, 母音으로 시작하는 어미와 統合하는 경우에는 그렇지 않다. 두 동사가 모두 동일하게 語幹末子音 'ㅎ'을 가지고 있기 때문에 그러한 음운현상의 차이는 공시적인 관점에서는 설명할 수 없다.

그렇지만 通時的인 관점에서 보면, 그러한 차이가 분명하게 설명된다. 다시 말하면 형용사 '좋-'은 원래 '둏-'으로서 비록 구개음화에 의하여 '됴〉조'의 변화를 겪기는 하였으나 語幹末子音 'ㅎ'를 가지고 있었던 것인데 비하여, 형용사 '파랗-'은 후기 중세국어 자료를 보견 '파라ㅎ-'이었다. 이 어간에 子音으로 시작하는 어미와 '으'로 시작하는 어미 그리고 '아'로 시작하는 어미가 統合하는 과정에서 각각 어간이 '파랗-'과 '파라-' 그리고 '파래-'로 再構造化되고 이들 再構造化된 어간과 그에 상응하는 어미가 統合하여 실현되는 것이 지금의 활용형인 것이다.[3]

그러나 공시적으로 설명될 수 없는 모든 음운현상과 예외들이 通時的인 관점에서 보면 모두 설명될 수 있는 것은 아니다. 그것들이 通時的인 관점에서 설명될 수 있기 위해서는, 그것들의 변화를 확인할 수 있는 역사적인 자료가 확보되어야 한다. 그렇지 않으면 通時的인 관점에서의 설명은 불가능하다. 소위 'ㅎ'변칙용언의 음운현상도 후기 중세국어의 자료가 남아 있지 않다고 한다면 위와 같은 설명은 불가능한 것이다.

한 언어를 구성하고 있는 諸方言은 그 언어가 겪은 역사적 변화가

---

3) 이 문제에 대한 상세한 설명은 崔明玉(1988: 54-58)을 참조.

공간적으로 투영되어 있는 것이라고 할 수 있다. 이 점에서 방언은 문헌자료가 가진 한계를 보충할 수 있을 뿐만 아니라 문헌자료에는 반영되어 있지 않은 많은 변화까지도 반영하고 있다.

국어의 경우, 국어의 역사를 문헌자료만 가지고 연구하려고 할 때에 직면하는 문제의 하나는 그 자료의 한계이다. 지금 우리가 볼 수 있는 문헌자료로서 가장 분명히 국어의 모습을 보여주는 것은 15세기 훈민정음으로 기록된 것들이다. 그러나 그 시기의 문헌에 기록된 국어는 중부방언이며 그것도 상층부에 속하는 사람들이 사용하던 것이다. 국어사가 국어를 구성하는 모든 방언의 역사를 포함해야 하는 것이라면, 문헌자료에 의한 국어사는 넓게 보아 중부방언의 역사라고 할 수밖에 없다. 이 점에서 방언의 연구는 참된 의미의 국어사를 확립하는 데에 필요불가결한 것이다.[4]

1.3. 理論과 方法

大阜島 地域語에 대한 통시 음운론적 연구를 함에 있어서, 필자가 취하려는 관점과 방법은 다음과 같다. 먼저 언어변화에 대하여는, 언어변화를 규칙의 변화라고 보는 역사 생성음운론적인 관점을 취하며, 공시적 방언자료를 통하여 방언사를 재구성하는 데에는 비교언어학적 방법을 따른다.[5] 音韻變化는 규칙적이며 모든 音韻變化는 同時에 發

---

4) 국어사와 방언 연구와의 관계에 대하여는 李基文(1972b: 5)를 참조.
5) 이 문제에 대하여는 R. D. King(1969)과 崔明玉(1982: 6-7)을 참조.

生하는 것이 아니라 一定한 順序에 따라 發生한다는 歷史言語學의
知識을 받아들인다면, 그리고 그 言語의 形態素內部에 化石化되어
있는 음운변화의 結果들을 비교하거나 그러한 결과를 여러 방언을 통
하여 서로 비교한다면, 비록 변화의 정확한 時期를 말할 수는 없어도
그들 변화가 發生된 先後關係에 대해서 말할 수는 있다.

　한편 음운변화는 일정한 순서에 따라 발생한다는 사실에서 볼
때에, 15세기 국어를 구성하던 諸方言 간에 아무리 큰 차이가 있
었다고 하더라도, 당시의 중부방언은 '대체로' 18세기나 19세기의
모든 국어 방언보다는 고대국어에 더 가까웠을 것이라고 생각할
수 있다.6) 특히 현대 중부방언에 속하여 있는 大阜島 地域語와 후
기 중세국어 문헌자료와의 관계는 중부방언 이외의 방언과 후기
중세국어 문헌자료와의 관계보다 훨씬 긴밀하다고 할 것이다.

　이러한 사실을 바탕으로 하여, 이 硏究에서는 먼저 이 지역어의 형
태소 내부에 화석화되어 있는 음운변화들에 대한 정밀한 분석과 자료
상호간에 대한 비교를 통하여 前時期의 음소나 음운변화를 재구할 것
이며, 이 지역어의 자료만으로 그러한 재구가 불가능한 경우에는 다른
방언과의 비교하는 방법을 사용할 것이다. 그리고 그 결과를 후기 중
세국어 문헌자료와 관련시킴으로써 그것이 국어사에서 차지하는 시기
를 추정하게 될 것이다.

---

6) 여기서 '대체로'라는 말을 사용한 것은 중세국어 문헌자료보다 더 古
　形이라고 할 수 있는 것들을 현대 방언에서 발견할 수 있기 때문이
　다. 현대 동남방언형 및 동북방언형 '몰개, 멀구'는 중세국어 문헌자
　료 '몰애, 멀위'보다 더 古形을 보이고 있다는 것을 그런 사실을 말
　해준다.

1.4. 調査地域과 調査方法

　大阜島는 경기도 옹진군에 속한다(地圖 참조). 이 섬은 크기가 29.7㎢이며 인구는 70년대 중반까지는 약 7천 명에 다다랐으나 현재는 약 4천 명 정도이다. 이 섬은 화성군 서남쪽인 남양만에 접해 있으며 서쪽으로는 영흥도, 동쪽으로는 선감도, 남쪽으로는 풍도와 덕적도, 북쪽으로는 인천직할시로 둘러 싸여 있다. 이 섬에 대한 三韓時代 이전의 기록은 없으나 삼국시대에는 백제의 영토였으며 신라가 삼국을 통일함에 따라 신라 35대 景德王 16년에 전국을 9州로 분리하여 통치하였을 때에는 韓州에 속해 있었다. 그러다가 이조시대에 들어와서는 府縣整備 작업에 의하여 지방행정을 개편할 때에 南陽郡에 편입되었고, 高宗 33년(1895)에는 仁川府에 소속되었다. 다시 1914년에 府縣의 폐합으로 富川郡에 속하게 되었으며 1975년에 이르러 지방 행정 개편 작업에 따라 옹진군에 소속되어 오늘에 이르고 있다. 이러한 연혁을 통하여 이 지역어가 계속하여 중부방언에 속해 있었음을 알 수 있다.

〈圖 1〉甕津郡

〈圖 2〉大阜島 地圖

　　이 硏究를 위한 주된 자료 조사지역은 면 소재지에서 많이 떨어진 南4里를 택하였으며 副調查地域으로 北3里와 東3里를 택하였다. 南4里를 主調查地域으로 택한 것은 그곳이 필자의 출신지로서 그 지역에 대하여 잘 알고 있다는 점과 아직도 친지들이 살고 있어서 조사하기에 편리하다는 점 때문이기도 하지만, 그보다 더 중요한 이유는 그곳이 육지로부터 가장 먼 데에 位置하고 있으므로 육지로부터의 언어 간섭을 섬 내의 다른 지역보다 적게 받았으리라는 점 때문이다.

　　그리고 副調查地域으르 北3里와 東3里를 택한 것은 각각 내륙지역과 해안지역 간과, 육지에서 멀리 떨어진 해안지역과 육지에 가까운 해안지역 간에 언어차이가 있을지도 모른다는 이유에서였다. 그러나 실제 조사 결과 그들 지역 간에는 커다란 차이가 없었다.

　　이 연구를 위한 조사항목은 崔明玉(1982)의 附錄으로 제시된 것 중 통시 음운론적 연구를 위한 항목을 주로 하였다. 그들 조사항목은, 한 항목에 대하여 몇 가지 방언형을 열거하여 提報者가 그중의 어느 하나를 택하게 하는 選擇質問方法을 사용하여 조사되었다.7) 다른 질문 방법보다 선택 질문방법을 택한 것은 세 지역의 提報者들이 모두 친지들로서 이 지역어에 대하여 터놓고 말할 수 있기 때문이다.

　　이 硏究에 사용된 자료 提報者들은 다음과 같다.

---

7) 질문방식에 대하여는 李翊燮(1984: 52-57)을 참조.

조사지점	성명	연령	성별	직업	학력	거주경력	결혼관계
남4리	이건흠	73	남	농업	무	4대째 거주	처 동3리
남4리	이기영	70	남	농업	무	5대째 거주	처 동3리
남4리	홍순이	46	여	농업	국졸	5대째 거주	남편 남4리
남4리	김기정	45	남	어업	중졸	5대째 거주	처 외부
남4리	태세원	45	남	어업	국졸	5대째 거주	처 외부
북3리	윤근세	72	남	농업	중졸	5대째 거주	처 북3리
동3리	이주용	60	남	어업	무	5대째 거주	처 동3리
동3리	이금분	84	여	농업	무	4대째 거주	남편 동3리
동3리	노재옥	73	여	농업	무	5대째 거주	남편 동3리

남4리에서는 이건흠 씨와 이기영 씨가 主提報者로 자료를 제공하였으며, 홍순이, 김기정, 태세원 씨는 補助提報者로서 도움을 주었다.

1.5. 論文의 構成

이 研究의 구성은 다음과 같다. Ⅱ章에서는 音韻體系의 재구와 변화에 대하여 서술할 것이다. 공시적 音韻體系를 바탕으로 하여, 형태소 내부에 화석화된 음운변화를 통하여 前時期의 音韻體系를 재구하고 그들 체계의 변화에 대한 서술이 이 장에서 이루어질 것이다.

Ⅲ章에서는 음운변화에 대하여 서술할 것이다. 單母音의 변화와 二重母音의 변화, 前舌母音化, 圓脣母音化, 움라우트, 구개음화 등이 이 장에서 고찰될 것이다. 그리고 Ⅳ章은 結論으로서 Ⅱ章과 Ⅲ章의 주요내용이 이 章에서 要約될 것이다.

Ⅱ. 音韻體系의 再構와 變化

생성음운론자들은 일반적으로 음소충위를 인정하지 않는다. 그러견서도 음운론 연구에서 그 언어의 音韻體系를 고려하여 변별적 자질(distinctivefeatures)을 결정한다. 이것은 음운현상이 音韻體系와 긴밀한 관계를 가진다는 사실을 말해준다.

음운변화도 音韻體系와 밀접한 관계를 가진다. 언어변화에 대한 프라그학파의 견해와 같이, 언어의 변화는 변화를 겪게 하는 체계를 고쳐하지 않고는 올바로 인식될 수 없으며, 언어의 변화는 흔히 그 언어의 체계와 체계의 안정화(stabilization), 체계의 재구성(reconstruction) 등에 말미암는다(Prague Linguistic Circle, 1983: 78).

음운변화에 대한 연구가 제대로 되기 위해서는, 대상 언어의 音韻體系 속에서 각 음운 단위들이 해당 음운변화가 일어나기 전과 그 후의 체계를 이루는 모든 다른 단위들과의 상호 관계에서 고찰되어야 한다. 그러므로 이 장에서는, 이 지역어의 음운변화를 고찰하기에 앞서, 이 지역어의 音韻體系를 재구하고 音韻體系의 변화를 고찰하고자 한다.

이 章의 논의 내용을 간단히 서술하면 다음과 같다. 먼저 子音體系의 재구와 변화에 대하여 논의하고 다음에 母音體系의 재구와 변화에 대하여 논의한다. 母音體系의 재구와 변화는 다시 單母音과 二重母音으로 나누어 논의될 것이다. 音韻體系의 재구는 현재 이 지역어의 音韻體系와 자료를 바탕으로 內的再構 방법에 의하여 재구될 것이겨, 이 방법에 의하여 재구가 불가능할 경우에는 다른 방언과의 비교에 의하여 재구될 것이다.

2.1. 子音體系의 再構와 變化

이 지역어의 변화과정에 존재하였던 子音體系가 어떠하였는가를 알려주는 기록은 하나도 없다. 그러므로 현재 이전 시기에 존재하였던 이 지역어의 子音體系는 알 수 없다. 그러나 현재 이 지역어의 子音體系와 子音의 변화를 알려주는 자료를 바탕으로 前時期에 존재하였던 子音들을 재구함으로써, 前時期의 子音體系를 어느 정도 재구할 수 있다. 여기서는 15세기까지를 상한선으로 하여 이 지역어에 존재하였던 子音體系를 재구하기로 한다.

현재 이 지역어에 존재하는 子音體系는 20개의 子音으로 구성된 체계이며, 그것을 조음位置와 조음방식을 기준으로 하여 제시하면 (1)과 같다.

(1)　ㅂ　ㄷ　ㅈ　ㄱ
　　　ㅍ　ㅌ　ㅊ　ㅋ
　　　ㅃ　ㄸ　ㅉ　ㄲ　ㆆ
　　　　　ㅅ　　　　　ㅎ
　　　　　ㅆ
　　　ㅁ　ㄴ　　　ㅇ
　　　　　ㄹ

이것들은 다음의 최소대립쌍에서 음소로서의 자격이 인정된다. 먼저 '배다(孕) : 패다(割) : 빼다(拔) : 매다(結)'에서 'ㅂ : ㅍ : ㅃ : ㅁ'의 대립이 확인되고, '달(月) : 탈(假面) : 딸(女息) : 날(日)'에서 'ㄷ : ㅌ : ㄸ : ㄴ'의 대립이 확인되며, '사다(買) : 싸다(裝)'에서 'ㅅ : ㅆ'의 대립이 확인된다. 그리고 '자다(眠) : 차다(蹴) : 짜다(織)'에서 'ㅈ : ㅊ : ㅉ'의 대립이 확인되고, '개다(이불) : 캐다(採) : 깨다(破)'에서 'ㄱ : ㅋ : ㄲ'의 대립이 확인되며, '삼(麻) : 산(山) : 살(肉) : 상(床)'에서 'ㅁ : ㄴ : ㄹ : ㅇ/ŋ'의 대립이 확인된다. 또 '나코, 나 : 도(낳 - 産) : 낙꼬 : 나 : 도(낳 - 愈)'에서 'ㅎ : ㆆ'의 대립이 확인된다.

그리고 '배다(孕) : 패다(割) : 빼다(拔) : 매다(結) : 내다(出) : 채다(漏) : 재다(尺) : 채다(눈치) : 째다(切開) : 개다(이불) : 캐다(採) : 깨다(破)'에서는 'ㅂ : ㅍ : ㅃ : ㅁ : ㄴ : ㅅ : ㅈ : ㅊ : ㅉ : ㄱ : ㅋ : ㄲ'상호간의 대립이 확인되며, '파다(掘) : 타다(乘) : 따다(摘) : 나다(出) : 사다(買) : 싸다(裝) : 자다(眠) : 차다(蹴) : 짜다(織) : 가다(去) : 까다(孵) : 하다(爲)'에서는 'ㅍ : ㅌ : ㄸ : ㄴ : ㅅ : ㅆ : ㅈ : ㅊ : ㅉ : ㄱ : ㄲ : ㅎ'상호간의 대립이 확인된다. 또 '발(足) : 팔(臂) : 말(馬) : 달(月) : 탈(假面) : 딸(女息) : 날(日) : 살(肉) : 쌀(米) : 칼'에서는 'ㅂ : ㅍ : ㅁ : ㄷ : ㅌ : ㄸ : ㄴ : ㅅ : ㅆ : ㅋ'의 대립이 확인되고, '달다(懸) : 빨다(吸)'와 '대(竹) : 해(太陽)'에서는 각각 'ㄷ : ㅃ'과 'ㄷ : ㅎ'의 대립이 확인된다.

이상과 같은 이 지역어의 현재 子音體系와 자료를 바탕으로 이 지역어가 과거에 가지고 있었던 子音 'ㅸ'과 'ㅿ'과 'ㆅ'를 재구할 수 있다.

2.1.1. *ㅸ /β/

현재에 앞서는 어느 시기에 이 지역어가 子音 음소로서 'ㅸ'을 가지고 있었는가를 알려주는 문헌자료는 존재하지 않는다. 그러나 이 지역어의 용언 활용형이 보여주는 다음과 같은 사실은 이 지역어가 前時期에 음소로서 'ㅸ'을 가지고 있었음을 말해준다.

(2) a. 잡꼬, 잡찌, 자브니, 자버도(잡-執)
 b. 입꼬, 입찌, 이브니, 이버도(입-着衣)
 c. 덥꼬, 덥찌, 더우니, 더워도(덥-暑)
 d. 춥꼬, 춥찌, 추우니, 추워도(춥-寒)

위의 활용형은 어간에 어미 '-고, -지, -으니, -어도'가 統合된 것이다. 그중에서 (2a)와 (2b)는 소위 'ㅂ' 정칙동사의 활용형이고 (2c)와 (2b)는 소위 'ㅂ' 변칙동사의 활용형이다. 이들 두 종류의 동사는 子音으로 시작하는 어미와 統合하는 경우에는 모두 語幹末子音 'ㅂ'를 실현시킨다. 그러나 母音으로 시작하는 어미와 統合하는 경우에는 그 둘 사이에 현격한 차이가 나타난다. 그 차이는 'ㅂ' 정치동사의 語幹末子音 'ㅂ'는 母音 사이에서 유성음으로 변할 뿐 그대로 실현되는 데 반하여, 'ㅂ' 변칙동사의 語幹末子音 'ㅂ'는 '우'로 실현된다는 것이다.

만약 (2a)-(2b)의 동사가 語幹末子音으로 동일한 'ㅂ'를 가지고 있다고 한다면, 母音 사이에서 모두 'ㅂ[b]'로 실현되거나 '우'로 실현되거나 하여야 할 것이다. 그런데 (2c)와 (2b)의 동사들은 母音으로 시작하는 어미와의 統合에서 語幹末子音 ‘ㅂ’대신 ‘우’를 실현시킨다는 사실은 ‘ㅂ’변칙동사의 語幹末子音 ‘ㅂ’이 과거 어느 시기에 ‘ㅂ’ 정칙동사의 그것과는 다른 음소로 존재하였을 것을 가정하게 한다. 이 가정은 후기 중세국어의 자료를 통하여 입증된다.

후기 중세국어 자료에 의하면, (2a)와 (2b)의 동사는 부사형 어기 ‘-어’와 統合하여 각각 ‘자바(월석 1: 15)’와 ‘니버(곡155)(닙-〉입 -)’의 활용형을 보인다. 그러나 (2c)와 (2d)의 동사는 동일한 경우에 각각 ‘더버(월석 1: 95)’와 ‘치버(월석9: 23)(칩-〉춥-)’의 활용형을 보인다. 이 현상은 당시에 ‘ㅸ’이 음소로 존재하고 있었으며 아울러 ‘ㅂ’과 대립을 이루고 있었음을 말해준다. 후기 중세국어 시기에 母音으로 시작하는 어미와의 統合에서 語幹末子音으로 ‘ㅸ’ 을 실현시키던 그러한 동사들이 현대 중부방언에서 모두 ‘ㅂ’변칙 동사로 존재한다는 사실에서, ‘ㅂ’변칙동사의 語幹末子音 ‘ㅂ’은 ‘ㅸ’으로 재구된다. 따라서 ‘ㅂ’변칙동사들이 이 지역어에도 존재 하므로, 현재보다 앞선 시기에 ‘ㅸ’이 이 지역어에 존재하였다고 하겠다.8)

이 지역어가 前時期에 음소로서 ‘ㅸ’을 가지고 있었다는 증거와 그러한 단어가 어떤 것들이었는가는 동남방언과의 비교를 통하여, 그리고 후기 중세국어 시기의 문헌자료와의 비교를 통하여도 입증된다. 잘 알려져 있는 바와 같이, ‘ㅸ’이 유성음 사이에서 ‘ㅂ’의 유성음화에 의하여 생성되었다는 종래의 說은 李基文(1972a: 92, b: 68-69)에서

---

8) ‘ㅂ’변칙동사와 ‘ㅸ’과의 관계에 대한 자세한 논의에 대하여는 崔明 玉(1985: 162-68)을 참조.

수정되어야 한다는 주장이 제기되었고, 동남방언을 대상으로 한 崔明
玉(1978)에서 그 주장이 뒷받침되었다. 그리하여 동일한 의미를 지니
는 단어로서 동남방언과 'ㅂː w' 또는 'ㅂː ø'의 대응을 보이는 이
지역어의 단어들은 前時期에 'ㅸ'을 가지고 있었던 것임을 예측할 수
있게 되었다. 다음 (4)의 예들이 그러한 사실을 알려준다.

(4)　　동남방언　　　　이 지역어　　문헌자료
　　　　─────────────────────────────
　　　　새비(蝦)　　　　새우　　　　사비 (解例 用字例)9)

　　　　치비/추부(寒)　　추이　　　　치뷔(석9: 9)

　　　　이붖/이붓(隣)　　이웃　　　　以本(館譯)

　　　　누부(妹)　　　　뉘　　　　　餒必(館譯)

　　　　가운데(中)　　　가운디　　　가뵨데(月14: 80)

　　　　에비다/예비다(瘦)　여이다　　耶必大(館譯)

　　　　찌불다(斜)　　　기울다　　　吉卜格大(館譯)

　문헌자료 중 '이웃, 누이, 여위다, 기울다'는 후기 중세국어 자료
에서는 각각 '이웃(杜초9: 9), 누의(月2: 6), 여위다(月1: 26), 기
울다(석9: 27)'로 되어 있다. 그러므로 이들 단어가 'ㅸ'을 가지고
있었다고 단정하기는 어렵다. 그러나 훈민정음 창제 이전에 중국
인에 의하여 기록된 '朝鮮館譯語'의 자료들은 그들 단어가 훈민정
음 창제보다 조금 앞선 시기에 'ㅸ'을 가지고 있었음을 알려주고

─────────────

9) 이 연구에서 사용하는 文獻 略號는 劉昌惇(1984)의 표시방법을 따
　르기로 한다. 다만 거기에 빠진 '朝鮮館譯語'는 '館譯'으로 표시한다.

있다(李基文 1972a: 125-26).

현대 동남방언과 이 지역어 그리고 후기 중세국어 시기의 문헌자료와의 관계를 통한 위와 같은 사실은, 현대 동남방언과의 비교를 통하여 문헌자료에서 ‘ㅸ’의 존재를 확인할 수 없으나 과거에 ‘ㅸ’을 가지고 있었다고 할 수 있는 많은 이 지역어의 단어들을 발견할 수 있다. 즉 현대 동남방언 ‘니비(蠶), 가부리(鰍魚), 고방(庫), 버버리(瘂), 구불다(轉)’ 등은 이 지역어에서 각각 ‘누에, 가오리, 광, 벙어리, 굴:다’ 등으로 존재하고 있지만, 이들 단어들도 前時期에 어 중에 ‘ㅸ’을 가지고 있었다고 하겠다.

위의 논의를 통하여, 이 지역어가 前時期에 ‘ㅸ’을 가지고 있었음을 알 수 있으며, 이 지역어가 중부방언권에 속하고 있다는 점에서 음소 ‘ㅸ’은 15세기 중기까지 존속하다가 그 뒤에 ‘ㅸ〉w’의 과정을 거쳐서 소멸되었다고 하겠다.

2.1.2. * ㅿ /z/

‘ㅸ’과 마찬가지로 이 지역어가 前時期에 음소로서 ‘ㅿ’을 가졌는가를 알려주는 문헌자료는 존재하지 않는다. 그러나 이 지역어가 보이는 소위 ‘ㅅ’ 변칙동사와 정칙동사의 활용형과 후기 중세국어 자료와의 관계에서, 그리고 이 지역어와 동남방언과의 비교를 통하여 ‘ㅿ’을 재구할 수 있다.

먼저 어간에 어미 ‘-그, -지, -으니, -어도’가 統合된 (5)의 활용형을 보기로 하자.

(5) a. 벅꼬, 벋찌, 버스니, 버서도(벗-脫)

　　b. 빅꼬, 빋찌, 비스니, 비서도(빗-梳)

　　c. 낙: 꼬, 낟: 찌, 나: 니, 나: 도(낳-愈)

　　d. 북: 꼬, 붇: 찌, 부: 니, 붜: 도(붛-注)

(5)에서 (5a)와 (5b)는 소위 'ㅅ' 정칙동사의 활용형이고 (5c)와 (5d)는 소위 'ㅅ' 변칙동사의 활용형이다. 이들 동사는 子音으로 시작하는 어미와 統合할 때에는 語幹末子音이 동일한 음운현상을 실현한다. 그러나 母音으로 시작하는 어미와 統合할 때에는 서로 다른 음운현상을 실현한다. 다시 말하면 (5a, b)의 동사 語幹末子音은 母音으로 시작하는 어미와의 統合에서 'ㅅ'으로 실현되는 데 반하여, (5c, d)의 동사 語幹末子音은 그 경우에 실현되지 않는다.

　만약 두 종류의 동사가 기저에서 동일한 語幹末子音을 가지고 있다고 한다면, 그들 동사의 語幹末子音은 子音으로 시작하는 어미나 母音으로 시작하는 어미와 統合할 때에 동일한 음운현상을 실현하여야 할 것이다. 그런데 (5)의 활용형은 그들 두 종류의 동사 간에 차이를 보이므로, 두 종류의 동사가 가진 기저 語幹末子音은 현대 표기법 규정에 의한 표기와 같이 모두 'ㅅ'이라고 할 수 없다.

　기저 語幹末子音으로 'ㅅ'을 가지는 동사는 (5a, b)류에 한정되며, (5c, d)와 같은 소위 'ㅅ' 변칙동사들은 그렇다고 할 수 없다. (5c, d)가 보여주는 바와 같이, 우리는 그들 동사의 활용형에서 그들 동사의 語幹末子音이 'ㅅ'이라는 아무 근거도 찾을 수 없다. 오히려 (5c, d)의 활용형은 語幹末子音이 'ㅎ'인 경우에 실현되는 현상과 전혀 동일하다.

　子音으로 시작하는 어미와 統合하는 경우에는 어미의 첫 음을 경음화 시키고 母音으로 시작하는 어미와 統合하는 경우에는 음성형으로 실현되지 않는 'ㅎ'를 가진 동사들은 前時期에 語幹末子音 'ㅿ'를 가지고 있던 것들임을 후기 중세국어 자료를 통하여 확인할 수 있다. 위의 (5c)와 (5d)의 동사들은 후기 중세국어 자료에 각각 '낭-(法화5: 155)'과 '붕-(용109)'으로 나타나며, 이 밖에도 소위 'ㅅ' 변칙동사에 속하는 표준어 '잇-(連), 짓-(作), 굿-(引)' 등도 후기 중세국어 자료에는 각각 '닝-(曲5), 징-(曲76), 궁-(法화2: 200)' 등으로 나타난다.

이러한 사실은 현대국어에서 소위 'ㅅ' 변칙동사라고 하는 것들은 후기 중세국어 시기에 語幹末子音으로 'ㅿ'을 가지고 있던 것들이며, 'ㅿ'의 소멸과 함께 생성된 것임을 말해준다. 따라서 이 지역어에 존재하는 'ㅅ' 정칙동사와 'ㅅ' 변칙동사의 비교에서 'ㅿ'을 재구할 수 있다.

한편 동남방언과의 비교에 의해서도 'ㅿ'의 재구가 가능하다. 잘 알려져 있는 바와 같이 동남방언은 중부방언에서 'ㅿ'이 ø로 변하기 전에 그들 음소가 'ㅅ'에 合流하는 과정을 겪은 방언이다. 그리하여 대부분의 동남방언에서는 'ㅅ' 변칙동사가 존재하지 않는다. 그리하여 母音으로 시작하는 어미와 統合하여, '이어도: 이서도(連), 저어도: 저서도(攪)'에서와 같이, 동남방언과 'ø: ㅅ'의 대응을 보이는 동사들의 語幹末子音은 ㄱ의 'ㅿ'으로 재구된다. 뿐만 아니라 형태소 내부에서도 '여우: 여시(狐), 가알: 가실(秋), 아이: 아시(初), 모이: 모시(닭)' 등과 같이, 동남방언과 'ø: ㅅ'의 대응을 보이는 ø는 'ㅿ'으로 재구될 수 있다.

위의 논의에서 밝혀진 바와 같이, 이 지역어에 'ㅅ' 변칙동사가 존재하며, 형태소 내부에서 동남방언과 'ø: ㅅ'의 대응을 보이는 어휘들이 존재하고 있다는 점에서 이 지역어가 前時期에 'ㅿ'을 가지고 있었다고 하겠다.

2.1.3. *ㆅ/h'/

子音 'ㆅ'은 후기 중세국어에서 후두 마찰음 'ㅎ'의 경음이었다.[10] 후기 중세국어 자료에 이 음소가 사용된 단어는 訓民正音解例(合字解)에 나타난 '혀-(引)'에 한정되어 있었다. 그러나 '니르혀-(起), 도르혀-(廻)' 등에 사용된 '혀-'도 원래는 위의 단어와 관련이 있는 것으로 보인다(李基文, 1972a: 49-50).

이 단어들과 그에 대한 현재 이 지역어와의 비교에 의하여 음소 'ㆅ'의 재구가 가능하다. 후기 중세국어 단어 '혀-'는 현재 이 지역어에서 '키-'와 '쓰-(〈써-)'로 상용된다. 前者는 '물을 키다, 가야금을 키다, 성냥을 키다, 톱으로 나무를 키다' 등과 같은 문맥에서 사용되며 候者는 '등잔불을 쓰다, 썰물' 등과 같은 문맥에서 사용된다. 그리고 후기 중세국어 단어 '니르혀-(起), 도르혀-(廻)'는 이 지역어에서 '이르키-, 도리키-'로 사용된다.[11]

위의 서술에 의하면, 후기 중세국어에서의 'ㆅ'은 이 지역어에서 'ㅋ'이나 'ㅆ'으로 대응된다. 이러한 대응은 'ㆅ'의 强化와 구개음화에 의하여 설명될 수 있다. 즉 'ㆅ〉ㅋ'은 'ㆅ'의 强化에 의한 것이며 'ㆅ〉

---

10) 'ㆅ'을 음소로 인정하는 견해는 李基文(1972a: 49-52) 참조.
11) 여기서 '혀'에 대한 '키'는 '켜〉케〉키'의 변화 과정을 거친 것이다. '에〉이'에 대한 자세한 논의는 'Ⅲ. 音韻變化'를 참조.

ㅆ'은 'ㅎㅎ'의 구개음화에 의한 것이다. 이 지역어에서 발견되는 그러한 변화 중 前者에 해당되는 것으로는 '(한) 웅큼, 바퀴(輪)' 등이 있는데, 이들 단어는 후기 중세국어로는 각각 '우훔(杜초16: 48), 바회(月2: 38)'였다. 그리고 候者에 해당되는 것으로는 '심(力), 세(舌), 셈(計)' 등이 있는데, 이들 단어는 후기 중세국어로는 각각 '힘(석3: 10), 혀(석6: 28), 혬(月7: 45)' 등이었다. 물론 후기 중세국어형은 현재에도 다른 중부방언에서 사용되고 있다.

위의 논의를 종합하면, 현재 이 지역어에서 사용되는 '키-(引, 彈), 이르키-(起), 도리키-(廻)'나 '쓰-(點火), 썰물' 등의 단어들어서 'ㅋ'과 'ㅆ'은 각각 'ㅎㅎ'의 强化와 구개음화에 의하여 변한 것이 된다. 그러므로 그러한 변화들 소급시킴으로써 'ㅎㅎ'을 재구할 수 있다.

지금까지의 논의에서 재구된 子音 음소는 'ㅸ'과 'ㅿ'과 'ㅎㅎ'이었다. 李基文(1972b)에 의하면, 'ㅸ'은 15세기 중기 이후에 발생한 'ㅸ〉w'의 결과로 (p.126), 'ㅿ'는 15세기 후반과 16세기 전반 사이에 발생한 'ㅿ〉ø'의 결과로 (p.127)소멸되었다. 그리고 'ㅎㅎ'은 17세기 후반에 'ㅋ'에 合流됨으로써 소멸되었다(p.195).

이러한 음운사적 사실은 동일한 중부방언의 한 하우방언인 이 지역어의 경우에도 그대로 적용될 수 있을 것으로 생각된다. 그리하여 이 지역어도 후기 중세국어 시기에는 현대의 子音體系에서 경구개 경음 'ㅉ'과 후두 폐쇄음 'ㆆ'을 제외한 것에 후두 경음 'ㅎㅎ'과 유성 마찰음 'ㅸ' 및 'ㅿ'을 가진 21 子音體系를 가지고 있었다고 하겠다.[12] 그리

---

12) 李基文(1972b: 130)는 '비애(梨浦3: 13), 몰애오개(沙峴, 용9: 49), 멀위(葡, 字會上12)' 등과 같은 표기에서 볼 수 있는 'ㅇ'을 후두 유성마찰음 'ㅇ[ɦ]'을 나타낸 것으로 보고 이것을 후기 중세국어의 자음체계에 포함시키고 있다. 그런데 후기 중세국어의 자음

고 전기 근대국어 시기에는 이 지역어가 현재의 子音體系에 'ㅎㅎ'을 더한 21 子音體系를 가지고 있었으며 후기 근대국어 시기에 이르러는 'ㅎㅎ'이 'ㅋ'에 合流함으로써 현재와 같은 20 子音體系를 가지게 되었다고 하겠다.

후기 중세국어 시기에 21 子音體系를 가지고 있었다고 하는 것은 다음과 같은 사실 때문이다. 먼저 그 시기에 아직 경구개 경음 'ㅉ'이 음소로 존재하지 않았다는 사실이다. 다음으로 'ㆆ'은 한 子音 표기 이외에 '홇 것, 선고ㆆ뜯'과 같이 동명사 어미와 사잇소리의 표기 두 경우에 국한하여 사용되었으나 그것이 世宗, 世祖代에 간행된 문헌에 국한되어 있었으며 또 초성이나 종성에 단독으로 사용된 예가 없다는 점에서, 경음을 표시하기 위한 음성자질로 보아야 한다는 사실이다.

한편 전기 근대국어 시기에 이 지역어가 21 子音體系를 가지고 있었다고 하는 것은 다음과 같은 사실 때문이다. 먼저 그 시기에는 'ㅸ'과 'ㅿ'이 子音體系에서 소멸되었으나 아직도 'ㅎㅎ'은 존재하고 있었다는 사실이다. 그리고 'ㅿ'의 소멸 결과 소위 'ㅅ' 변칙동사가 생성되면서, '낳-(産)'과 '낳-(愈)'와 같이, 종성에 'ㅎ'과 대립되는 'ㆆ'이 'ㅉ'과 함께 음소로서의 자격을 가지게 되었다는 사실이다.

따라서 후기 중세국어 시기로부터 현재에 이르기까지 이 지역어에 일어난 子音體系의 변화는 (6)과 같았을 것으로 생각된다.

체계에서 'ㆁ'을 음소로 인정하지 않는 견해도 있다. 그러한 표기는 'ㄱ'의 삭제를 표시하기 위한 표기 방법에 의한 것으로 볼 수도 있으므로 그 문제는 이 연구에서는 다루지 않기로 한다.

(6) a. 후기 중세국어 시기

ㅂ　ㄷ　ㅅ　ㅈ　ㄱ
ㅍ　ㅌ　ㅆ　ㅊ　ㅋ　ㆆ
ㅃ　ㄸ　　　　ㄲ　ㆅ
ㅸ　　ㅿ
ㅁ　ㄴ　　　　ㅇ
　　ㄹ

b. 전기 근대국어 서기

ㅂ　ㄷ　ㅅ　ㅈ　ㄱ　ㆆ
ㅍ　ㅌ　ㅆ　ㅊ　ㅋ　ㅎ
ㅃ　ㄸ　　ㅉ　ㄲ　ㆅ
ㅁ　ㄴ　　　　ㅇ
　　ㄹ

c. 후기 근대국어 시기 이후

ㅂ　ㄷ　ㅅ　ㅈ　ㄱ　ㆆ
ㅍ　ㅌ　ㅆ　ㅊ　ㅋ　ㅎ
ㅃ　ㄸ　　ㅉ　ㄲ
ㅁ　ㄴ　　　　ㅇ
　　ㄹ

2.2. 母音體系의 再構와 變化

2.2.1. 單母音體系의 再構와 變化

子音體系의 재구에서와 같이, 현재 이 지역어의 單母音體系와 母音의 변화를 알려주는 자료를 바탕으로, 前時期에 존재하였던 母音들을 재구함으로써, 前時期의 單母音體系들을 재구할 수 있다. 여기서도 15세기까지를 상한선으로 하여 이 지역에 존재하였던 單母音體系를 재구하기로 한다.

현재 이 지역어에 존재하는 單母音體系에는, (7)에서 볼 수 있듯이, 7개의 母音으로 이루어진 短母音體系와 長母音體系가 있다.

(7) a.　이(i)　　　으(ɨ)　　　우(u)
　　　에/애(ɛ)　어(e)　　　오(o)
　　　　　　　　　　　아(a)

　　b.　이: (i:)　　　으: (ɨ:)　　　우: (u:)
　　　에/애: (ɛ:)　어: (e:)　　　오: (o:)
　　　　　　　　　　아: (a:)

(7a)의 短母音들은 다음의 최소대립쌍에서 음소로서의 자격이 인정된다. 먼저 '티(瘢點) : 테(輪)/태(胎) : 더(基) : 투(套) : 토(吐)'에서 '이: 에/애: 어: 우: 오'의 대립이 인정된다. 그리고 '살(肉) : 술

(酒): 솔(松)'에서 '아: 우: 오'의 대립이 인정되고, '가다(去): 기다(匍匐)'와 '사다(買): 서다(立): 새다(漏)'에서 각각 '아: 이'와 '다: 어: 애'의 대립이 인정된다.

한편 '뜨다(浮): 띠다(〈떼다)(分離): 따다(摘)'에서 '으: 이: 아'의 대립이 인정되며, '듣다(聞): 돋다(出)'와 '바르다(正): 바래다(배웅): 바루다(直)'에서 각각 '으: 오'와 '으: 애: 우'의 대립이 인정된다. 그리고 '틀(機): 털(毛)'에서 '으: 어'의 대립이 인정된다.

그리고 (7b)의 長母音들은 '일(一): 일: (事)'와 '매(鞭): 미: (鷹)'에서 각각 '이: 이:'와 '애: 애:'의 대립이 인정된다. 또 '글(文): 글: (〈걸(乞))'과 '벌(罰): 벌: (蜂)'에서 각각 '으: 으:'와 '어: 어:'의 대립이 인정된다. 한편 '눈(目): 눈: (雪)', '솔(松): 솔: (刷)', '밤(夜): 밤: (栗)'에서 각각 '우: 우:', '오: 오:', '아: 아:'의 대립이 인정된다.

이상과 같은 이 지역어의 短母音과 長母音體系는 중부방언의 다른 하위 방언에 비하여 적은 수의 음소를 가지는 것이다. 다시 말하면 화자가 60대 이상인 경우에 중부방언의 다른 하위방언에서는 前舌母音 '에'와 '애'가 음소의 대립을 가지는 것이 일반적이다. 그러나 이 지역어에서는 그것들 간의 대립이 상실된 상태에 있다. 이러한 單母音體系를 바탕으로 다음 母音들을 재구할 수 있다.

2.2.1.1. *에/e/와 *애/ɛ/

현재 이 지역어에서 '에/e/'와 '애/ɛ/'는 음운론적 대립을 가지고 있지 않다. 더구나 전설 원순母音 '위/ü/'와 '외/ö/'는 單母音體系에 들어 있지도 않다. (7a)의 短母音體系가 그 사실을 알려준다. 그러나 현재에 앞선 시기에 그들 母音들이 모두 대립을 이루는 單母音體系가 이 지역어에 존재하고 있었던 것을 알 수 있다.

먼저 음소 '에/e/'와 '애/ɛ/'의 존재부터 재구하기로 하자. 이들 음소는 이 지역어가 겪은 '에/e/>이'의 변화에 의하여 재구될 수 있다. 표준어에서 '에'를 가지는 단어 '게(蟹), 베(布), 테(輪), 떼(群)'와 '애'를 가지는 단어 '개(犬), 배(梨), 태(胎), 때(時)' 등은 지역어에서 음운론적 대립을 가지지 못하고 각각 'kɛ(게/개), pɛ(베/배), thɛ(테/태), t'ɛ(때/때)'로 실현된다.

그런데, 표준어에서 '에'를 가진 많은 단어 예컨대, '메기(鮎魚), 베개(枕), 세:-(强), 메:-(擔), 베:-(斬), 떼:-(分離)' 등에 한하여, 이 지역어는 각각 '미기, 비게, 씨:-, 미:-, 비:-, 띠:-'를 보여준다. 이와는 달리, 표준어에 '애'를 가진 단어들은 그러한 변화를 겪지 않았고 거의 예외 없이 'ɛ(에/애)'를 보여준다. 표준어 '대(竹), 배우-(學), 보태-(加), 새-(漏), 깨-(破)' 등에 대한 'tɛ(대), pɛu-(배우-), pothɛ-(보태-), sɛ-(새-), k'ɛ-(깨-)'로의 실현이 그런 사실을 말해준다.

이와 같은 변화의 차이는 현재보다 앞선 시기에 '에'와 '애'가 음운론적 대립을 가지고 있었다고 할 때에 설명될 수 있다. 만약 그들 母音이 음운론적 대립을 가지고 있지 않았다고 한다면, 표준어에서 '에'를 가지고 있는 단어들이나 '애'를 가지고 있는 단어들이 현재 이 지역어에서 그들 '에'와 '애'에 대하여 모두 '이'의 대응을 보이든가 'ɛ(에/애)'의 대응을 보이든가 하여야 할 것이다.

비록 표준어의 '에'에 대하여 예외 없이 '이'로의 대응을 보이지는

않지만, 표준어의 '에'에 대하여만 '이'로의 대응을 이 지역어가 보인다
고 하는 것은 二重母音의 單母音化 이후로부터 현재보다 앞선 어느
시기에 이 지역어가 '에'와 '애'의 대립을 가지는 單母音體系를 가지고
있었다는 것을 말해준다. 이 사실에 의하여 '에'와 '애'가 재구된다.

2.2.1.2. *위/ü/와 외/ö/

근대국어 시기에 와서 발생된 單母音體系의 변화를 결정짓는 요인
은 j계 下向二重母音의 單母音化였다. 이것은 잘 알려진 사실이다(金
完鎭, 1963: 21). 현대 중부방언의 單母音體系에 존재하는 '에/e/, 애
/ɛ/, 위/ü/, 외/ö/' 등은 前時期에 존재하던 二重母音 '에/əj/, 애
/aj/, 위/uj/, 외/oj/' 등의 單母音化에 의하여 생성된 것임이 이미 李
崇寧(1949, 1954)과 허웅(1952)에 의하여 究明되었다.

그런데 이 지역어에는 單母音 '위/ü/'와 '외/ö/'는 존재하지 않는다.
표준어 '귀(耳), 뒤(後), 쥐(鼠)' 등 子音 뒤의 '위'는 이 지역어에서
예외 없이 '기, 디, 지,' 등에서 보듯이 '이'로 실현되며, 표준어 '위헙
(危險), 위신(威信), (활)시위' 등 子音이 선행하지 않는 경우에만
'위'는 '위엄/wiəm/, 위신/wisin/, 시위/siwi/' 등에서 보듯이 二重母
音으로 실현된다. 이러한 사실은 '외'의 경우에도 동일하다. 다시 말하
면 표준어 '된장, 쇠(鐵), (허리를) 죄다, 괴롭다' 등 子音 뒤의 '외'는
'덴장, 세, 제다, 게롭따', 등에서 보듯이 '에'로 실현되며,13) 표준어 '의

---

13) 다만 후두 마찰음 'ㅎ' 뒤에서는 이중모음 '웨'가 실현되는 경우가
　　있다. 표준어 '회초리'와 '회(膾)'가 각각 '훼초리'와 '훼'(또는 '흐
　　이')로 실현되는 것이 그것이다. 그러나 표준어 '회복(恢復)'과 '횡
　　재(橫財)' 등은 각각 '헤복'과 '헹재'로 실현된다.

(삼촌), 외톨이, 외상' 등 子音이 선행하지 않는 경우의 '외'는 '웨, 웨토리, 웨상' 등에서 보듯이 二重母音 '웨/we/'로 실현된다.

위의 서술과 같이 '위'와 '외'에 대한 이 지역어의 대응 음이 子音 뒤에서는 각각 '이'와 '에'이고 母音 뒤에서는 각각 二重母音 '위'와 '웨'인데, 이것은 다음과 같은 사실을 말해준다. 먼저 '위'와 '외'가 子音 뒤에서 각각 '이'와 '에'로 분포한다는 것은 그것들이 각각 二重母音 '위'와 '웨'로 변한 다음에 활음 w가 子音 뒤에서 다시 삭제되는 과정을 거쳤음을 말해준다. 이러한 사실은 子音이 선행하지 않은 경우에 그들 母音이 이 지역어에서 각각 二重母音으로 실현된다는 점에서 입증된다.

單母音 '위/ü/'와 '외/ö/'의 재구에 앞서 입증되어야 할 것은 그들 母音의 전 단계의 음가에 대한 것이다. 앞에서 언급한 것처럼 母音 '위'와 '외'는 후기 중세국어 시기에 각각 二重母音으로서 그들의 음가는 각각 '위'/uj/'와 '외/oj/'였다. 이들 二重母音이 이 지역어에서도 존재하였는가를 알려주는 문헌자료는 없으나 표준어 '외(瓜)'가 이 지역어에서 '오이'(또는 '웨')로 실현되고 표준어 '회(膾)'가 '호이'(또는 '훼')로 실현되고 있으므로 '외'가 前時期에 j 下向 二重母音 '외/oj/'였음을 확인할 수 있다.

'위'에 대하여는 그것이 前時期에 j 下向 二重母音 '위/uj/'였음을 알려주는 단어가 없다. 그런데 표준어 '나비(蝶), 거미(蜘蛛), 까마귀(烏)' 등에 대한 이 지역어형과 동남방언 및 서남방언형과의 비교를 통하여 二重母音 '위/uj/'를 재구할 수 있다. 즉 위의 단어들에 대한 이 지역어형은 각각 '나비, 거미, 까마기'이고 동남방언 및 서남방언형은 각각 '나부, 거무, 까마구'이다.

여기서 각 단어의 어말 母音이 이 지역어와 동남방언 및 서남방언 간에 '이 : 우'의 대응을 보이고 있음을 알게 된다. 표준어 '까마귀'의 어말 母音 '위'가 현재 충청남도 〈아산, 천원, 예산, 연기, 대덕〉등에서 '까마귀/k'maguj/'에서와 같이 j 下向 二重母音 '위/uj/'로 남아 있다 는 사실을 근거로 하면, '이 : 우'의 대응 관계에서 二重母音 '*위/ɯj/' 를 재구할 수 있다. 이 재구가 타당하다는 것은 그들 단어에 대한 후 기 중세국어형 및 근대국어형으로부터 뒷받침 된다. 즉 그들 단어의 후기 중세국어형은 각각 '나비(석11: 35) 또는 나뵈(杜初15: 32), 거 믜(字會上21), 가마괴(용 86)'였으며 근대국어형은 각각 '나뷔(柳物2 昆), 거뮈(柳物2昆), 가마귀(靑 p.83)'였다. 이 시기에는 아직 j 下向 二重母音 '위'의 單母音化는 일어나지 않았다.

이상에서 재구된 j 下向 二重母音 '위/uj/'와 '외/oj/'가 나중에 각각 二重母音 '위/wi/'와 '웨/we/'로 변한 것으로 보아야 한다. 그런데 j 下向 二重母音에서 바로 w계 二重母音으로 변할 수는 없다. 그러한 변화가 있기 위해서는 二重母音 '위/uj/'와 '외/oj/'가 먼저 축약되어 單母音 '위/ü/'와 '외/ö/'가 되어야 하며 그 다음에 그들 單母音으로 부터 w계 二重母音 '위'와 '웨'의 변화가 가능하다. 單母音 '위/ü/'와 '외/ö/'가 노인층에 주로 분포되어 있고 그에 대한 w계 二重母音이 젊은이 층에 주로 분포되어 있다는 사실도 그러한 변화 과정을 뒷받침 해 준다. 이러한 사실에 의하여 單母音 '위/ü/'와 '외/ö/'가 재구된다.

2.2.1.3. *ᄋᆞ/ʌ/

이 지역어에 'ᄋᆞ'가 있었는지는 현재 이 지역어를 통하여 쉽게 대답

할 수 없다. 그러나 母音調和 규칙과 이 지역어가 겪은 음운변화 규칙을 이용함으로써 '♀'를 재구할 수 있다. 먼저 이 지역어의 '바다(海), 바닥(底), 아깝-(惜), 나타나-(顯)' 등은 陽性母音調和의 존재를 알려주며, '그륵(그릇器), 그늘(陰), 그물(網), 므겁-(重), 저누-(=견주-比)' 등은 陰性母音調和의 존재를 알려준다.

이와는 달리, 이 지역어의 '마늘(蒜), 바늘(針), 다르-(異), 바르-(直)' 등은 이 지역어에 母音調和가 있었다는 사실을 단정할 수 없게 한다. 만약이 지역어에 母音調和가 있었다면, 그들 단어가 陽性母音으로 시작하므로 둘째 음절의 母音은 당연히 '오, ♀, 아' 중 어느 하나가 되어야 할 것이다. 그런데 둘째 음절 母音이 陰性母音 '으'로 나타나기 때문이다.

그러나 그들 단어의 존재가 이 지역어의 母音調和를 부정할 수 없는 것은 국어가 겪은 '♀'의 변화 때문이다. 우리는 국어 음운사에서 '♀'가 두 단계에 걸쳐서 소멸되었다는 사실을 알고 있다. 16세기 후기에 완성된 非語頭 음절에서의 '♀>으'에 의하여 非語頭음절의 '♀'가 소멸되었고, 18세기 초기 내지 중기에 완성된 語頭음절에서의 '♀>아'에 의하여 語頭음절의 '♀'가 소멸되었다(李崇寧 1954b, 金完鎭 1963, 李基文 1972a).

이러한 '♀'의 변화 규칙은 母音調和를 보이지 않는 위의 이 지역어 단어에 그대로 적용된 것이라 하겠다. 그리하여 위의 단어들은 각각 '마늘, 바늘, 다르-, 바르-'로 재구된다. 이 재구형은 그들 단어에 대한 후기 중세국어형 '마ᄂᆞᆯ(救간6: 4), 바ᄂᆞᆯ(용52), 다ᄅᆞ(용24), 바ᄅᆞ-(救간1: 60)'과 완전 일치한다. 이 사실은 우리가 재구한 '♀'가 타당하다는 것을 뒷받침한다.

　지금까지의 논의 결과에서 다음과 같은 이 지역어에 존재한 單母音
體系를 재구할 수 있다. 즉 '᷂'의 소실 이전의 單母音體系와 二重母
音의 單母音化 이후에서 '위/ü/〉위/wi/, 외/ö/〉웨/we/, 에〉이' 이전
의 單母音體系가 그것이다. 이들 單母音體系는 각각 (8a), (8b)와
같다. (8a)의 체계는 후기 중세국어에 대한 기존의 연구 결과에 맞춘
것이다.

　(8) a. '᷂'의 소실 이전의 單母音體系

　　　　　이　　우　　오
　　　　　　　으　　᷂
　　　　　어　　아

　　 b. 二重母音의 單母音化 이후에서 '위/ü/〉위/wi/, 외/ö/〉웨
　　　 /we/, 에〉이' 이전의 單母音體系

　　　　　이　　위/ü/　　으　　　우
　　　　　에　　외/ö/　　어　　　오
　　　　　애　　　　　　　　　아

　지금까지의 논의를 정리하면, 이 지역어의 單母音體系는 다음 두
차례에 걸쳐 변화되었다. 처음은 '᷂'가 음소로 존재하던 7母音體系에
서(8a) '᷂'가 소멸되고 j 下向 二重母音의 單母音化로 형성된 10母
音體系로의 변화이며(8b), 다음은 10母音體系에서 單母音 '위/ü/, 외
/ö/'가 각각 w계 二重母音 '위/wi/, 웨/we/'로 변하고 '에'의 일부가

‘이’로 변한 뒤에 ‘에’와 ‘애’가 중화됨으로써 일어난 현재의 7母音體系로의 변화가 그것이다.

그리고 각 母音體系가 존재한 시기는 현재 국어사에서 구명된 시기와 동일할 것으로 생각된다. 즉 ‘ᄋᆞ’가 존재하던 이 지역어의 7母音體系 시기는 후기 중세국어 시기에 해당되며, ‘ᄋᆞ’의 소멸 이후 j 下向 二重母音들의 單母音化로 생성된 이 지역어의 10母音體系 시기는 근대국어 시기에서 현대국어 초기에 해당될 것이다. 그리고 10母音體系에서 單母音 ‘위/ü/, 외/ö/’의 w계 二重母音化와 ‘에〉이’ 이후 ‘에〉이’의 변화를 입지 않은 ‘에’가 ‘애’와 중화되어 생성된 7母音體系 시기는 현대 초기 이후 현대에 해당된다.

2.2.2. 二重母音體系의 再構와 變化

여기에서 이루어지게 될 二重母音 체계의 재구는 앞서 행한 母音 체계의 재구와는 다른 순서로 진행하기로 한다. 알려고 하는 선행시기로의 母音으로부터 그 母音의 단계적인 변화를 밝히는 일은 어렵다. 그러나 몇 차례의 合流과정을 거친 母音으로부터 거슬러 올라가 그 이전 또는 그 이전 이전 단계에 존재했던 母音들을 재구하는 일은 더 어려운 작업이다. 그 어려움은 單母音에 비해 二重母音의 경우가 훨씬 더하다.

앞에서 이미 이 지역어에 ‘ᄋᆞ’가 존재하였음을 확인하였다. 그리고 ‘ᄋᆞ’소실 이전의 이 지역어의 單母音體系가 후기 중세국어 시기의 중부방언의 單母音體系와 일치함을 보았다. 이러한 單母音體系

의 일치는 '♀'가 존재하던 시기에 이 지역어가 가지고 있던 二重
母音體系도 당시의 중부방언의 그것과 동일하였으리라는 생각을
가능하게 한다.

그리하여 앞에서 재구된 (8a)의 單母音體系로부터 '♀'가 소실되기
前時期의 이 지역어가 가질 수 있는 二重母音의 체계를 제시하견
(9)와 같다(李基文 1979: 32, 崔明玉 1982: 16).

(9) a. 이 ㅣ/ji/   유/ju/   요/jo/
          이ㅡ/jɨ/   이、/jʌ/
          여/jə/   야/ja/

     b. 이ㅣ/ji/   위/uj/   외/oj/
          의/ɨj/   익/ʌj/
          에/əj/   애/aj/

     c. 위/wi/   우ㅜ/wu/   우ㅗ/wo/
          우ㅡ/wɨ/   우、/wʌ/
          워/wə/   와/wa/

2.2.2.1. '♀' 消失 以前의 二重母音體系

여기서는 (9)에 제시된 二重母音體系를 기준으로 하여 '♀'를 포함
하는 7母音體系 시기에 이 지역어가 가졌던 二重母音體系를 재구하

44

고자 한다. 먼저 (9a)에서 '유, 여, 요, 야'와 (9c)에서 '위, 워, 와'는
현대 이 지역어에 존재하므로 재구할 필요가 없다. 한편 (9a)의 '이
ㅣ/ji/, 이ㅡ/j+/, 이ㆍ/jʌ/'와 (9b)의 '이ㅣ/ij/'와 (9c)의 '위/wi/ 우
ㅡ/w+/, 우ㆍ/wʌ/'는[14] 현재 이 지역어의 자료에 의해서 재구가 불
가능하다. 이들 중에서 '이ㅣ/ji/'와 '이ㅣ/ij/'는 전후 음소가 모두 전
설 高母音性을 공유하므로 실현될 수 없으며 '우ㅡ/w+/'와 '우ㆍ/w
ʌ/'도 전후 음소가 원순성을 공유하므로 실현될 수 없다(허웅 1968).

   한편 '이ㅡ/j+/'는 '열/j+: l/(十), 편지/phj+: nci/, 여자/j+:
ca/, 열/j+: l/-(結)' 등에서 보듯이, 표준어의 長母音 '여'와 대응
될 때에만 실현되고 短母音 'j+'가 실현되는 경우는 없다. 이것은 표
준어 '설(元旦), 없-(無), 떫-(澁)' 등 長母音 '어'가 이 지역어에서
上昇母音 '으:'로 변한 것의 반영이라고 볼 수 있다. 즉 '슬/s+: l/
(설), 읇/+: ps/-(없-), 뜲/t'+: lp/-(떫-)'에서 볼 수 있는
'으:'가 그것이다. 그러므로 二重母音 '이ㅡ/j+/'는 이 지역어에서 재
구될 수 없다. '이ㆍ/jʌ/' 또한 이 지역어에서 그러한 현상을 보이는
예들이 발견되지 않으므로 재구가 불가능하다.

   이와 같이 재구할 필요가 없는 二重母音 '유, 여, 요, 야'와 '위, 워,
와'와 재구가 불가능한 '이ㅣ/ji/, 이ㅡ/j+/, 이ㆍ/jʌ/'와 '이ㅣ/ij/',
'우ㅡ/w+/, 우ㆍ/wʌ/', 그리고 '이ㅡ/j+/'와 '이ㆍ/jʌ/'를 제외하
면 나머지 二重母音은 다음과 같이 재구된다.

---

14) 이들 이중모음은 'ㅸ>w'의 변화와 함께 생성된 것들로서, 'ㅷ'에서
    '위/wi/'가, 'ㅸ'에서 '우ㅡ/w+/'가, 'ㅸ'에서 '우ㆍ/wʌ/'가 생성된
    것으로 본다(李基文 1969, 1979: 金完鎭 1972a).

2.2.2.1.1. *위/uj/

母音 '위'는 후기 중세국어 시기에 각각 二重母音으로서 그 음가는 각각 '위/uj/'였다. 이 二重母音이 이 지역어에서도 존재하였는가를 알려주는 문헌자료는 없다. 그런데 표준어 '나비(蝶), 거미(蜘蛛), 까마귀(烏)' 등에 대한 이 지역어형과 동남방언 및 서남방언형과의 비교를 통하여 二重母音 '의/uj/'를 재구할 수 있다. 즉 위의 단어들에 대한 이 지역어형은 각각 '나비, 거미, 까마기'이고 동남방언 및 서남 방언형은 각각 '나부, 거무, 까마구'이다.

여기서 각 단어의 어말 母音이 이 지역어와 동남방언 및 서남방언 간에 '이 : 우'의 대응을 보이고 있음을 알게 된다. 표준어 '까마귀'의 어말 母音 '위'가 현재 충청남도 〈아산, 천원, 예산, 연기, 대덕〉 등에서 '까마귀/k´maguj/'에서와 같이 j 下向 二重母音 '의/uj/'로 남아 있다는 사실을 근거로 하면, '이 : 우'의 대응 관계에서 二重母音 '*우/uj/'를 재구할 수 있다.

이 재구가 타당하다는 것은 그들 단어에 대한 후기 중세국어형 및 근대국어형으로부터 뒷받침된다. 즉 그들 단어의 후기 중세국어형은 각각 '나비(석11 : 35) 또는 나뵈(杜초15 : 32), 거믜(字會上21), 가마 괴(용 86)'였으며 근대국어형은 각각 '나뷔(柳物2昆), ㄱ뮈(柳物2昆), 가마귀(靑 p.83)'였다. 이 시기에는 아직 j 下向 二重母音 '위'의 單 母音化는 일어나지 않았으므로, 근대국어 자료가 보여주는 '위'의 음 가는 /uj/라고 하여야 할 것이다.

2.2.2.1.2. *외/oj/

二重母音 '외/oj'이 지역어의 자료로부터 재구하는 일은 어렵지 않다. 왜냐하면 표준어 '외(瓜)'가 이 지역어에서 '오이'(또는 '웨')로 실현되고 표준어 '회(膾)'가 '호이'(또는 '훼')로 실현되고 있기 때문이다. 이것은 '외'가 前時期에 j 下向 二重母音 '외/oj/'였음을 말해준다.

위의 두 자료 이외의 자료를 통하여서도 二重母音 '외/oj/'의 재구가 가능하다. 즉 앞에서 예로 든 표준어 '나비, 까마귀'와 더불어 '사마귀(痣)' 등에 대한 이 지역어형과 동남방언 및 서남방언형과 그리고 후기 중세국어형과의 비교에 의하여 가능하다. 그들 단어에 대한 이 지역어형은 각각 '나비, 까마기, 사마기'이고 동남방언 및 서남방언형은 각각 '나부, 까마구, 사마구'이다. 그리고 후기 중세국어형은 각각 '나비(석11: 35)(또는 나뵈(杜초15: 32), 가마괴(용 86), 사마괴(字會中34)'이다.

먼저 이 지역어형과 동남방언 및 서남방언형에서 어말의 '이: 우'로부터 그들 단어의 어말 음절 母音 '위/uj/'를 재구할 수 있다. 그런데 그 앞 음절이 陽性母音이므로, 재구된 어말 음절 母音 '위'는 형태소 내부에서의 母音調和를 성립시키지 못한다. 형태소 내부에서의 母音調和를 성립시키기 위해서는 그들 어미 음절 母音이 '외/oj/'가 되지 않으면 안 된다. 여기에 적용되는 음운변화 규칙이 非語頭에서 일어난 '오>우'이다. 그리하여 공시적인 방언의 비교에서 재구된 '위'는 非語頭에서의 '오>우'가 적용된 이후의 것에 해당되므로, 이 변화 규칙이 적용되기 이전 어형에서의 어말 二重母音은 '외/oj/'가 되어야 한다.

다른 한 가지 경우는 표준어 '왼(쪽), 쇠(鐵), 되-(升), 괴-

(溜)' 등에 대한 이 지역어형과 다른 방언형과의 비교에 의한 재구이다. 이들 단어는 이 지역어에서는 각각 '웬(쪽), 세, 데-, 게-'으로 사용되며 대부분의 충청남도 방언에서는 각각 '왼:/ö:/ 쪽, 쇠/sö/, 되/tö/-, 괴:/kö:/-'로 사용된다. 그 결과 표준어 ㄹ 어의 母音 '외'에 대하여 이 지역어와 충청남도 방언 간에 '웨/we/: 외/ö/'와 '에: 외/ö/'의 대응이 성립됨을 알게 된다.

　2.2.1.2. (*위/ü/와 *외/ö/)의 논의 과정에서 밝혀진 바와 같이, ㄹ 母音 '외/ö/'는 이 지역어에서 二重母音 '웨/we/'로 변하였다. 그런데 이 二重母音은 子音 뒤에서 w가 삭제되는 변화를 입어서 '에'로 되었다. 이러한 변화는 이 지역어와 충청남도 방언의 비교에서도 동일하게 입증된다. 그러므로 충청남도 방언 간과 '웨/we/: 외/ö/'(子音이 선행되지 않은 경우)와 '에: 외/ö/'(子音이 선행되는 경우)의 대응을 보이는 母音 '웨/we/'와 '에'는 二重母音 '외/oj/'로 재구된다.

2.2.2.1.3. *의/ɨj/

　二重母音 '의/ɨj/'는 현대국어에서 유일하게 존재하는 j 下向 二重母音이다.15) 그러나 이 지역어에는 이 二重母音이 존재하지 않는다 이 二重母音을 가지고 있는 표준어 '의사(醫師), 의논(議論), 의심(疑心), 희망(希望), 희-(白), 의젓하-'와 '주의(注意), 고의(故意)'는 이 지역어에서 각각 '으사, 으논, 으심, 히망, 히-, 으저타-'와 '주이, 고이'로 사용된다. 그리고 속격어미 '의'는 '나므집(남의 집)'에서

---

15) 이 이중모음은 충청남도 전역과 충청북도 〈진천, 음성, 청원〉등에 분포되어 있다. 예컨대 '의자[ɨjca]'가 그것이다(韓國精神文化硏究院 1987a, 1990a).

보듯이 '으'로 실현된다.

여기서 발견되는 사실은 표준어 '의'에 대한 이 지역어는 語頭 位置에서는 '으'로 대응되고 非語頭 位置에서는 '이'로 대응된다는 사실이다.16) 이것은 二重母音 '의'가 이 지역어에서 분포되는 位置에 따라 변화를 달리하였음을 말해준다. 즉 語頭 位置에서는 '의>으'로, 非語頭 位置에서는 '의>이'로 변하였다는 것이다. 그러므로 표준어 '의'에 대응하는 이 지역어의 '으'와 '이'로부터 前時期의 二重母音 '의/ㅓj/'를 재구할 수 있다.

2.2.2.1.4. * 익/ʌj/

이 지역어에 二重母音 '익/ʌj/'가 존재하였음을 알려주는 근거는 남아 있지 않다. 그러나 현재 이 지역어의 자료와 후기 중세국어 자료와의 비교를 통하여, 그리고 앞에서 언급한 두 단계에 걸친 'ᄋ'의 변화 규칙을 이용함으로써 二重母音 '익/ʌj/'를 재구할 수 있다.

후기 중세국어 단어 중 語頭 음절에서 '익/ʌj/'를 가지고 있던 단어들 '뇌(烟, 月9: 7), 빅(腹, 석11: 41), 희(太陽, 용50)'나 '꺡-(覺, 석9: 31), 밉-(辛, 석6: 30), 비호-(學, 석9: 13)' 등은 이 지역어에 각각 '내, 배, 해'나 '깨-, 맵-, 배우-' 등으로 사용된다. 이들 관계에서 후기 중세국어에서의 '익'는 語頭 位置에서 이 지역어에서 '애'로 대응됨을 알 수 있다. 單母音 '애'가 前時期에 二重母音 '애/aj/'였

---

16) 이 경우에 어두에서 후두 마찰음 'ㅎ' 뒤의 '의'는 '이'로 대응되는 것이 예외적인 것으로 된다. 그러나 어두 위치에서 '의'가 자음을 선행시킨 예는 'ㅎ'에 한정된다는 점과 'ㅎ' 뒤의 '의'는 전국적으로 거의 '이'로 실현된다는 점을 고려하면, 자음 뒤에서 이중모음 '의'는 분포되지 않는다고 하겠다.

음을 감안하면, 그러한 변화는 'ᄋ'의 두 번째 변화 즉 語頭 位置에서의 'ᄋ〉아'에 의하여 후기 중세국어에서의 '익'가 語頭 位置에서 '개/aj/'로 변한 것과 일치한다.

한편 후기 중세국어 단어 중 非語頭 位置에서 '익'를 가지고 있던 단어들 '가싀(荊, 석11: 35), 고비(曲, 杜초7: 3), 아히(兒, 석6: 9), ᄆᆞ딕(節, 月2: 56)' 등은 이 지역어에 각각 '가시, 고비, 아이, 마디' 등으로 사용된다. 여기서는 후기 중세국어의 '익'에 대하여 이 지역어가 'ᄋ'의 대응을 보인다. 이것은 'ᄋ'의 첫 번째 변화 즉 非語頭 位置에서 'ᄋ〉으'의 변화에 의하여 非語頭 位置의 '익'가 '의'로 되고 二重母音 '의'가 子音 뒤에서 '이'로 변한 것과 일치한다.

위의 논의에서 후기 중세국어의 '익'와 語頭 位置에서 '애'의 대응을 보이는 이 지역어의 母音과 非語頭 位置에서 '이'의 대응을 보이는 이 지역어의 母音은 모두 '익'로 재구된다고 하겠다.

2.2.2.1.5. *에/əj/

二重母音 '에/əj/'를 ᄋ 지역어에서 재구하는 일은 어렵지 않다. 그것은 후기 중세국어에서 이 二重母音을 가졌던 명사 '세ᅙ(三, 석13: 48), 네ᅙ(月1: 7)' 등과 관형사 '세(번)(석11: 9), 네 (面)(杜초7: 16)' 등이 이 지역어에서 '서이, 너이'와 '시:, 니:'로 사용되기 때문이다. 대부분의 국어 방언에서는 그것들이 모두 單母音 '세, 네'로 변하ᄋ 있다. 그러므로 이 지역어의 '서이, 너이'는 前時期의 二重母音 '세/səj/, 네/nəj/'에서 j가 음절화한 것이며 '시:

50

니ː'는 前時期의 二重母音 '세/sej/, 네/nej/'가 單母音化에 의하여
'세/se/, 네/ne/'로 된 뒤에 다시 '에〉이'의 변화를 겪은 것이다.

그러므로 이 지역어가 가진 '서이, 너이'와 '시ː, 니ː'로부터 이들 단
어가 前時期에는 '세/sej/, 네/nej/'였음을 재구할 수 있다. 그 결과
이 지역어에 二重母音 '에/ej/'가 있었음이 입증된다.

2.2.2.1.6. *애/aj/

이 지역어 내부의 자료로써 이 二重母音을 재구하기는 어렵다. 그
러나 다른 방언과의 비교에서 재구가 가능하게 된다. 표준어 '새(鳥),
매(鷹), 개(犬)' 등에 대하여 이 지역어에는 '새, 매, 개'로 사용되고
평남북, 황해, 충남 방언에는 '사이, 마이, 가이'로 사용된다.[17] 즉 이
지역어의 單母音 '애'에 대하여 평남북 등의 방언은 이음절의 '아이'의
대응을 보이는 것이다. 한편 그들 단어의 후기 중세국어형은 각각 '새
(용7), 매(月10ː 77), 가히(月7ː 18) 또는 개(번小9ː 110)'이다. 이
시기의 '애'는 二重母音 '애/aj/'이다.

위와 같은 시대 차와 지역 차에 의한 방언형을 고려하면, 후기 중
세국어 시기의 二重母音 '애/aj/'가 單母音化한 것이 이 지역어의 單
母音 '애'가 되고 j의 음질화에 의한 것이 평남북 등의 방언에 존재하
는 이음절 '아이'가 된다. 그러므로 평남북 등 방언의 '아이'는 그에 대
응하는 이 지역어의 '애'가 후기 중세국어 시기에 二重母音이었음을
말해준다. 이렇게 하여 이 지역어에 존재하였다고 할 수 있는 二重母
音 '애/aj/'가 재구된다.

---

17) 이들 방언형에 대하여는 리윤규, 심희섭, 안운편(1992ː 137, 221
－22, 11)을 참조.

지금까지 7母音體系를 가지고 있던 시기에 있어, 이 지역어의 二重母音을 재구해 왔다. 그 결과 후기 중세국어 시기에 중부방언에 존재하였던 것으로 알려진 w계 二重母音 '위/wi/, 우___/w+/, 우,/wʌ/'는 현재의 방언 자료로써는 재구할 수 없었다. 그리하여 'ㅇ'가 존재하던 7母音體系 시기를 기준으로 하면, 이 지역어는 두 차례의 二重母音體系의 변화를 거친 것으로 된다. 'ㅇ'의 소실과 二重母音의 單母音化 이후에 일어난 것이 그 첫 번째 二重母音體系의 변화이고 單母音 '위/ü/, 외/ö/'의 二重母音化와 '에, 애'의 중화 이후에 일어난 것이 그 두 번째 二重母音體系의 변화이다.

이러한 二重母音體系의 변화는 單母音體系의 변화와 결부되는 것인데, 첫 번째 二重母音體系의 변화 시기는 李基文(1972b)에서 언급되고 있는 國語史의 시기구분인 근대국어 시기에 해당되고 두 번째의 二重母音體系의 변화 시기는 현대국어 시기에 해당된다.

지금까지 재구된 母音體系를 시기별로 정리하여 제시하면 (10)과 같다.

(10) a. 'ㅇ' 消失 以前의 7 母音體系 時期

i   u   o   ju   jo   uj   oj

+   ʌ   +j   ʌj

ɵ   a   jɵ   ja   ɵj   aj   wɵ   wa

(單母音)   (二重母音)

b. '᷇'의 消失과 二重母音의 單母音化 以後 10 母音體系
時期

I ü ɨ u   ju   wi
e ö ɵ o   je jə jo ɨj   we wɵ
ɛ   a   jɛ   ja   wɛ wa
(單母音)   (二重母音)

c. '위/ü/, 외/ö/'의 二重母音化와 '에, 애'의 中和 以後 7 母
音體系 時期

i ɨ u   ju   wi
ɛ ɵ o   jɛ jə jo   wɛ wɵ
   a   ja   wa
(單母音)   (二重母音)

앞의 논의에서는 (10b) 시기의 二重母音 중 '예/je/'와 '애/jɛ/', '웨/we/'와 '왜/wɛ/'에 대한 것이 없었다. 이들 二重母音은 그 전 단계에 三重母音 '예/jɵj/'와 '애/jɛj/', '웨/wɵj/'와 '왜/waj/'이었기 때문이다. 이 지역어에서 二重母音 '예/je/, 애/jɛj/'와 '웨/we/, 왜/waj/'의 존재를 알려주는 단어를 찾기는 힘들다. 왜냐하면, 이 지역어는 '에'와 '애'가 중화되는 변화를 겪었기 때문이다.

그리하여 표준어 '옛(말), 예순(六十), 예비(豫備)' 등은 이 지역어에서 '옌날/jennal/, 예순/jɛsun/, 예비/jɛbi/'로 나타난다. 이들 단어는 후기 중세국어 시기에 '옛(말)(小언6: 123), 예슌(㧦초上18), 예비 (小언5: 82)'와 같이 三重母音을 가지고 있었다. 그리고 표준어 '궤 (짝), 꿰-(貫)'와 '홰(대), 쾌히' 등은 이 지역어에서 '궤/kwɛ, 께/k' ɛ/-'와 '훼/hɛ/, 케이/khei/'로 나타나는데, 이들 단어도 후기 중세국 어 시기에 '궤(字會中10), 쉐-(家언5: 6)'와 '홰(字會中14), 쾌히(類 合下39)'와 같이 三重母音을 가지고 있었다.

　이상과 같은 이 지역어가 겪은 二重母音體系의 변화는 중부방언의 다른 방언과 차이를 보인다. 그 차이는 현대에 이르는 과정에서 일어 난 '에'와 '애'의 중화에 기인하는 것이다. 중부방언에서 '에'와 '애'의 중화는 대부분의 다른 중부방언의 경우에 30대 이하의 젊은층 화자의 말에서 일어난 것임에 비하여 이 지역어에서는 60대의 노년층 화자의 말에서도 일어났다. 이 점이 주목된다.

Ⅲ. 音韻 變化

앞 章에서 논의된 音韻體系와 音韻體系의 변화를 바탕으로, 이 지역어가 겪은 음운의 변화에 대하여 고찰하는 것이 이 章의 목적이다. 여기서는 단순히 모든 변화를 지배하는 개별규칙의 발견에서 멈추지 않고 규칙 상호간의 관계에 대해서도 관심을 가질 것이다. '♀'의 변화, 전설高母音化, 후설高母音化, 圓脣母音化, 非圓脣母音化, 움라우트, 母音調和, 二重母音의 변화 등 母音의 변화와 구개음화, 語幹末 子흘群의 변화, 'ㅎ' 삭제 등 子音의 변화가 이 章의 논의 대상이 된다.

3.1. '♀'의 變化

중부방언의 음운사에서 밝혀진 '♀'의 두 단계에 걸친 변화규칙을 중심으로 이 지역어가 겪은 '♀'의 변화 양상을 밝히려는 것이 이 項의 관심사이다. 문제 해결과 설명의 편의를 위하여 單母音과 二重母音, 그리고 語頭와 非語頭로 나누어 '♀'의 변화를 고찰하기로 한다.

3.1.1. 單母音(語頭)

후기 중세어에서 語頭 음질에 있던 '亽'는 대개는 이 지역어에서 '아'로 대응된다. 이 사실은 單母音 '亽'가 語頭에서 '아'로 변한 것이 이 지역어에서도 일반적이었음을 말해준다. (11)의 예에서 그러한 사실을 알 수 있다.

(11) 달(月, 들), 맏(伯, 문), 닥(鷄, 둙), 살켕이(狸, 슭),
　　　팔(臂, 풀), 팟(赤豆, 픗), 가(邊, ᄀ), 날(刃, 늘ㅎ),
　　　까닥(理由, 싯닥), 가루(粉, ᄀ르), 가렝비(細雨, ᄀ르비),
　　　나물(菜, ᄂ믈ㅎ), 가새(鋏, ᄀ새), 말-(捲, 믈-),
　　　밟-(踏, 넓-), 팔-(買, 풀-), 맑-(淸),
　　　만지-(撫, 믄지-), 가지-(所有, ᄀ지-), 나누-(分, ᄂ호-)

그러나 이 지역어에서 單母音 '亽'가 語頭에서 모두 '아'로 변한 것은 아니다. (11)과 동일한 환경인데도 (12)의 예들은 單母音 '亽'가 語頭에서 '어'(12a)나 '으'(12b)로 변한 것을 보여준다. 이러한 예외적인 변화가 음운사적으로 무엇을 의미하는가는 아직 분명하게 말할 수 없다. 앞으로의 연구가 기대된다.

(12) a. (옷 한)벌(重, 불), 턱(頤, 특), 버리-(捨, ᄇ리-),
　　　　걸-(如, 긑-), -덜(複數, -들), -꺼지-(-ᄀ장)
　　　b. 흑(土, 흙), 그늘(陰, ᄀ늘ㅎ), 그득(滿, ᄀ득기),
　　　　쁘시레기(滓, ᄇ스라기), 쁘시-(碎, 븟-)

3.1.2. 單母音(非語頭)

非語頭 位置에 있던 單母音 '♀'는 (13a)에서와 같이 이 지역어에서 '으'로 변하는 것이 일반적이다. 이 사실은 이 지역어의 單母音 '♀'가 非語頭 位置에서도 기존의 연구 결과와 동일한 일반적인 변화를 겪었음을 말해준다. 그러나 非語頭 位置의 '♀'가 이 지역어에서 모두 '으'로 대응되는 것은 아니다. (13b-f)의 예와 같이, '우', '아', '이', '오', '어'로의 대응을 보이기도 한다.

(13) a. 바늘(針, 바늘), 그늘(陰地, ㄱ늘ㅎ), 나그네(客, 나ㄱ네),

　　　 다숫(五, 다숫), 마늘(蒜, 마늘), 마은(四十, 마순),

　　　 말씀(辭, 말씀), 사슴(鹿, 사슴), 아들(子, 아들),

　　　 사을(三日, 사흘), 아으레(九日, 아흐래), 하늘(天, 하늘),

　　　 노릇(戱, 노릇), 오늘(今日, 오늘),

　　　 아득하-(茫, 아득ㅎ-),모르-(不知, 모르-),

　　　 보드랍-(軟, 보드랍-), 가늘-(細, ㄱ늘-)

　 b. 아우(弟, 아수), 자루(袋, 쟈르), 자루(柄, 즈르),

　　　 마루(宗, ㅁ르), 하루(一日, ㅎ르), 가루(紛, ㄱ르),

　　　 노루(獐, 노르), 메추리(鶉, 모츠라기)

　 c. 사람(人, 사름), 바람(風, ㅂ름), 가랑비(細雨, ㄱ르비),

　　　 다만(只, 다믄)

　 d. 보시기(甌, 보수), 여시(狐, 여수), (노른) 자이(核, 즈수,

　　　 마지막(終, ㅁ즈막), 안진뱅이(안즌방이),

58

가지런하-(均, ᄀᄌ론ᄒ-), 남짓(＝가량, 남죽),

　　나지기(低, ᄂᄌ기), 다시리-(治, 다ᄉ리-)

　e. 오소리(오소리)

　f. 아척(朝)

(13b)는 非語頭 位置의 'ᄋ'에 대하여 '우'로의 대응을 보이는 예들이다. 이러한 대응은 'ᄋ'가 바로 '우'로 변화하였음을 말하는 것이 아니다. 이들 단어들의 첫음절이 모두 陽性母音을 가지고 있으므로, 형태소 내부의 母音調和를 고려하면, 지금의 '우'는 前時期에 '오'였다고 하지 않으면 안 된다. 그런데 'ᄋ'가 '오'로 변한 정확한 이유가 무엇인가는 밝히기 어렵다. 제시된 단어들 특히 '아ᅀ'에서 'ᄀᄅ'까지의 단어들이 모두 개음절만으로 구성되어 있다는 것과 두 음절의 母音이 '아-ᄋ' 또는 'ᄋ-ᄋ'라는 것, 그리고 어말 음절의 초성이 'ᅀ'이나 'ㄹ'이라는 것이 그러한 변화와 어떤 관계가 있을 것으로 추측된다.[18]

　이와는 달리, (13b)의 '노루'와 '메추라기'의 '우'는 그 변화의 機制가

---

[18] 이러한 조건이 'ᄋ>오'의 변화와 관련이 있다면, (13d)의 '여ᅀ(狐)'와 'ᄌᅀ(核)'도 이 지역어에 '여우' 또는 '여수'와 '자우'로 되어 있어야 할 것이다. 실제로 강원방언과 충남방언에서 '여ᅀ(狐)'는 각각 '여우'와 '여수'로 나타나며 강원방언에서 'ᄌᅀ(核)'는 '자우'로 나타나고 있다(韓國精神文化研究院 1990a: 155, 1990b: 155-56). 물론 이들 방언은 (13d)의 다른 단어들의 어말 음절모음에 대하여 '우'를 보인다. 이러한 사실과 이 지역어가 'ᅀ>ø'의 변화를 겪었다는 사실을 고려하면 '여ᅀ(狐)'에 대한 이 지역어형 '여시'는 이 지역어 고유어형이라고 할 수 없다. 이 단어는 남부방언에서 차용되었을 것을 부정할 수 없다. 'ᄌᅀ(核)'에 대한 '자이'형도 동남 및 서남방언형인 '조시'나 '조지'의 어말 음절형과 밀접히 관련되는 것으로 생각된다.

달랐던 것으로 생각된다. 그것은 후기 중세국어 시기에 있었던 '♀'의
圓脣母音化에 의한 것으로 보인다. 이 현상은 '♀'의 전후에 원순母音
'오'나 양순음이 있을 때에 '♀'가 그에 동화되어 '오'로 되는 것이다.

한편 (13c)의 예들이 '♀'에 대하여 '아'의 대응을 보이는 이유는 설
명할 수 없다. 그러나 (13d)에서 이 지역어가 '♀'에 대하여 '이' 대응
을 보이는 이유는 쉽게 설명된다. 그것은 '♀'가 직접 '이'로 변한 것
이 아니라 '♀'의 정상적인 변화 즉 非語頭 位置에서 '♀>으'의 변화
후에 경구개음 뒤에서 다시 '으>이'의 변화를 거친 결과이다. 마찰음
'ㅅ' 뒤에서도 '으>이'를 보이는 '보시기'와 '다시리-'의 예가 있지만,
동일 환경에서 그러한 변화를 보이지 않는 예들도 많은 것으로 보아
그 변화는 이 지역어에서 절대적인 것은 아니었던 것이라 하겠다(이
문제에 대하여는 後述 참조).

(13e)의 예는 '♀'의 선행 음절이 원순母音이라는 점에서, 앞에서
언급한 바와 같이, '♀'의 圓脣母音化에 의한 것이라 하겠다. 그러나
(13f)가 '♀'에 대하여 '어'의 대응을 보이는 것은 설명할 수 없다.

3.1.3. 二重母音(語頭)

單母音의 경우와 마찬가지로 이 지역어에서 二重母音의 核母音을
이루는 '♀'도 語頭에서 '아'로 변하였음을 (14)의 예들은 말해준다.
후기 중세국어와 근대국어 초기의 자료가 가진 語頭에서의 '의'가 이
지역어에서 '애(ε)'로 대응되는 것은 語頭에서 '♀>아'의 변화가 일어
난 뒤에 二重母音의 單母音化를 겪었기 때문이다.

(14) a. 내(烟, 닌), 때(垢, 띠), 배(梨, 腹, 비), 샘(泉, 심),
　　　재(灰, 지), 해(年, 太陽, 히)
　　b. 깨-(覺, 씨-), 매-(除草, 미-), 맵-(辛, 밉-),
　　　맺-(結, 및-), 배-(孕, 비-), 째-(裂, 뼈-),
　　　캐-(採, 키-), (이삭이) 패-(피-),
　　　배우-(學, 비호-), 채우-(充, 치오-),
　　　깨닫-(覺, 씨돈-), 맹글-(作, 밍글-)

3.1.4. 二重母音(非語頭)

'ᄋ·'가 核母音인 二重母音이 非語頭 位置에 있는 경우에도 이 지
역어는 정상적인 음운변화 즉 'ᄋ·'의 첫 단계 변화인 'ᄋ·>으'의 변화를
겪었다. 이 사실은 (15a)의 예들을 통하여 알 수 있다. 후기 중세국어
나 근대국어 자료 중 非語頭 位置의 'ᄋ·l'에 대하여 이 지역어는 거의
'이'로의 대응을 보인다. 그것은 마치 'ᄋ·l'가 '이'로 변한 것처럼 보이지
만, 사실은 非語頭 位置에서 'ᄋ·l'가 '의'로 변하고 二重母音 '의'가 다
시 子音 뒤에서 '이'로 변한 결과이다.

이러한 정상적인 변화에 예외적인 존재가 되는 것이 (15b)의 예
들이다. 예외적인 존재이므로 그 수가 많지는 않으며 또 그 이유
를 설명하기는 어려우나, 그들 예는 非語頭 位置에서 'ᄋ·'가 겪은
둘째 단계의 변화 즉 'ᄋ·>아'의 변화를 겪은 것으로 보인다. 다만
후기 중세국어의 'ᄌ·치욤(嚔)'에 대한 이 지역어형은 '재채기' 또는
'재치기'이다. 이 단어에서는 非語頭 位置의 'ᄋ·l'가 이 방언에 '애'나
'이'로 대응된다.

(15) a. 가시(荊, 가싀), 나비(蝶, 나븨), 아이(兒, 아희),

　　　고비(曲, 고븨), 모기(蚊, 모긔), 소리(聲, 소릭),

　　　조레미(笊, 죠릭), 종이(紙, 죠희), 선비(士, 션븨),

　　　잔치(筵, 잔치), 몬지(埃, 몬직), 말미암-(由, 말믹암-)

　　b. 아레(前日, 아릭), 가재(螯, 가직), 소매(袖, 스믹)

3.2. 어:〉으:

　單母音體系에서 '어:'와 '으:'는 이 지역어에서 음운론적 대립을 보이지만, 그 숫자는 극히 적다. 그 이유는 前時期에 語頭에서 '으:'와 음운론적 대립을 보이던 '어:'가 현재 이 지역어에서 대부분 '으:'로 실현되기 때문이다. (16a)의 예들이 그 사실을 말하여 준다. (16b)에서 보듯이 短母音 '어'가 그대로 실현되고 있는 것을 코면, 현재에 앞서는 시기에 非圓脣 後舌 中長母音 '어:'가 그와 대립되는 高長母音 '으:'로 되는 음운변화가 이 지역어에 있었음을 알 수 있다.

(16) a. 슬:(元旦, 설:), 즐:(寺, 절:), 으:른(成人, 어:른),

　　　증:말(眞, 정:말), 뜳:-(澁, 떫:-), 블:-(得, 벌:-),

　　　을:-(凍, 얼:-), 읎:-(無, 없:-)

　　b. 버릇(套, 버릇), 것(外皮, 겉), 저드랑(腋, 겨드랑),

　　　어룸(氷, 얼음), 넣-(入, 넣-), 먹-(食, 먹-),

　　　얹-(載, 얹-), 꺾-(折, 꺾-)

3.3. 애:>의:>이:

　'에>이'란 前舌 中母音 '에'가 前舌 高母音 '이'로 변하는 현상이다. 현재 이 지역어의 單母音體系에서는 '에'와 '애'가 음운론적 대립을 가지지 않지만, 前時期에는 그것들이 음소로서 존재하였음을 앞에서 논의한 바 있다(2.1. 참조). 그리고 그것들이 음운론적 대립을 이루고 있던 시기에 '에>이'의 변화가 있었다는 것도 언급하였다. 왜냐하면, 당시에 '애'를 가지고 있던 음절은 그러한 변화를 보이지 않기 때문이다.

　여기서는 그 사실을 보다 구체적으로 고찰하고자 한다. 먼저 자료를 제시하고 논의를 진행하기로 하자.

(17) a. 시:(三, 세), 니:(四, 네), 비:게(枕, 베개〈벼개),

　　　　지:비(燕, 제비〈계비〈져비), 미:기(鮎, 메유기),

　　　　기:름(怠, 게으름), 시:상(世上, 세상〈셰샹),

　　　　시:금(稅金, 세금), 지:일 (第一, 제일〈뎨일),

　　　　시:-(算, 세-), 씨:-(强, 세-), 비:-(斬, 베-),

　　　　히:프-(浪費, 헤프-), 미:-(擔, 메-),

　　　　길:르-(怠, 게으르-)

　　b. 제기(毽, 제기〈져기), 메주(醬麴, 메주〈며주),

　　　　메떼기(蝗蟲, 메뚜기〈뫼쭉이), 쪽쩨비(黃兒, 족제비〈족졉이),

　　　　성제(兄弟, 형제), 굼벵이(蠐, 굼벵이〈굼벙이)

　　c. 덴장(豆醬, 된장), 베룩(蚤, 벼룩), 멧(幾, 몇),

　　　　테비(堆肥, 퇴비), 메(山, 뫼), 헤장(會長, 회장),

    메누리(子婦, 며느리), 베루(硯, 벼루), 게산(計算, 계산),
시게(時計, 시계), 게짝(匱, 궤짝)
    d. 민:경(面鏡, 면경), 핀:지(便紙, 편지), 치:고(最高, 최고),
피:-(伸, 펴-), 끼:-(貫, 꿰-)

    (17)에서 (17a)의 예들은 '에〉이'의 변화를 보이는 것들이고, (17ㄱ)의 예들은 '에'를 그대로 유지하고 있는 것들이다. (17c)의 예들은 '에'를 가지고 있다는 점에서는 (17b)와 동일하다. 그러나 (17b)의 예들이 가지고 있는 '에'는 원래 二重母音 '에/əj/'의 單母音化에 의한 것이거나 움라우트에 의하여 '어'에서 형성된 것인데 비하여, (17c)의 예들이 가지고 있는 '에'는 '여, 에, 외, 웨' 등과 같은 중母音의 변화에 의하여 형성된 것들이라는 점에서 구별된다.

    비록 (17c)의 예들의 '에'가 (17b)의 예들이 가진 '에'와 그 형성과정에서 차이를 가지기는 하여도, 그들 '에'는 '애〉이'의 변화를 겪지 않았다고 하는 점에서는 동일하다. 그러므로 문제는 (17a)의 '에'와 (17b, c)의 '에'가 서로 다른 음운변화를 겪게 된 음운론적 機制가 무엇인가를 밝히는 일이다. 그들 두 부류의 '에'가 동일한 것이라면, 특히 (17b)의 '에'는 다른 二重母音으로부터 변화된 것이 아니라는 점에서, 동일한 변화를 보여야 할 것이다. 그런데 실제는 그렇지 않으므로, 그러한 차이를 가능하게 한 음운론적 機制를 달리 찾아야 할 것이다.

    (17a)의 '에'가 '이'로 변하게 된 음운론적 機制로서 들 수 있는 한 가지는 이 지역어가 겪은 '어:〉으:'의 變化이다(이에 대하여는 3.2. 참조). '에〉이'의 변화를 겪은 (17a)의 예들이 가진 '이'가 모두 長母音

이라는 사실이 그 가능성을 뒷받침하고 있다. 다시 말하면, '에>이'의 변화를 겪은 이 지역어의 '에'는 모두 長母音 '에ː'였으며, 그것의 音價는 'ɵːʲ'였다고 할 것이다. 그러므로 (17a)의 예들이 보이는 '이ː'는 '에ː/ɵːʲ/>의ː/ᵻːʲ/'의 변화와 子音 뒤의 '의ː'가 '이ː'로 되는 변화 과정을 거친 것이라 할 것이다.

끝으로 (17d)의 예들은 원래 '여, 외, 웨'를 가진 단어들이지만, '이ː'로의 변화를 보이고 있다. (17c)의 예들을 고려하면, 이들 중母音이 '에'로 변할 수 있다는 것이 인정된다. 그런데 다른 한편으로, (17c)의 예들은 다른 중母音에서 변한 '에'는 이 지역어에서 '이'로의 변화를 겪지 않았음을 보여주므로, (17d)의 예들이 가진 '이ː'는 (17a)의 예들과 동일한 규칙적인 변화라기보다는 類推에 의한 단어 개별적인 변화라고 보는 것이 옳을 것이다.

3.4. 으>이

이 項에서 논의의 대상이 되는 것은 비원순 후설 高母音 '으'의 전설 高母音化 즉 '으>이'의 변화이다. 이 변화가 음소 자체의 변화라고 할 수 없는 것은, '글(文, 문), 끄름(怠,그으름), 등겨(米皮, 등겨), 를(機, 를), 느리-(慢, 느리-), 가늘-(細, 가늘-〈가늘-), 물르-(軟, 무르-), 불르-(呼, 부르-), 흘르-(流, 흐르-)' 등에서 보는 바와 같이, 많은 음운론적 환경에서 '으'는 그대로 실현되고 있기 때문이다.

이 項에서 관심의 대상이 되는 것은 '으>이'의 변화를 가능하게 한

음운론적 조건을 밝히는 것이다. 먼저 자료를 제시한 다음에 논의를
진행하기로 하자.

> (18) a. 지름길(捷徑, 즈름길), 지음(近間, 즈음〈즈슴), 집(汁, 즙),
>
> 지늑(泥, 즌흙), 칙(葛, 츩), 짐승(獸, 즘싱),
>
> 버짐(癬, 버즘), 찢-(裂, 븢-), 질겁-(樂, 즐겁-),
>
> 치-(除, 츠-), 음직이-(動, 움즉이-),
>
> 어지컵-(煩, 어즈럽-)
>
> b. 징인(證人, 증인), 징손(曾孫, 증손), 칭냥(測量, 측량),
>
> 칭게(層階, 층계)
>
> c. 추-(舞, 츠-)
>
> d. 시물(二十, 스물), 씰게(膽, 쓸기), 씨-(冠, 쓰-),
>
> 씨-(苦, 쓰-), 씰-(掃, 쓸-〈뿔-), 싫-(厭, 슳-),
>
> 씨러지-(靡, 쓰러디-) 가심(胸, 가슴〈가슴),
>
> 베실(鷄冠, 벼슬), 부시름(癤, 브스름),
>
> 무신(何, 므슴, 므슷), 다시리-(治, 다스리-)
>
> e. 스스로(自, 스스로), 쓰-(用, 書, 쓰/뿌-),
>
> 슬프-(哀, 슬프-), 베슬(官, 벼슬), 말씀(辭, 말씀〈말씀〉,
>
> 사슴(鹿, 사슴)
>
> f. 승리(勝利, 승리), 습끼(濕氣, 습기), 슥깐(習慣, 습관)

　먼저 (18a)의 예들을 괄호 속의 현대 또는 근대 또는 후기 중세국
어 어형과 비교할 때에, 경구개음 'ㅈ, ᅇ, ㅊ' 뒤의 '으'가 이 지역어
에서 모두 '이'로 변하였음을 알게 된다. 그리고 그러한 조건이 충족되

면, 語頭 位置거나 非語頭 位置거나 구별 없이 '으>이'의 변화가 일어났음도 알게 된다. 한편 (18b)의 예들은 동일한 조건이 충족되면, 한자어인 경우에도 '으>이'의 변화가 가능하였다는 것을 알려준다. 그런데 (18c)의 예는 동일한 조건을 가지고 있는데도 불구하고 '으>이'의 변화를 보이지 않는다. 그 예가 하나에 한정된다는 점에서 (18c)의 예는 예외적이라 하겠다.

(18d)는 치경 마찰음 'ㅅ, ㅆ' 뒤의 '으'가 '이'로 변한 예들이다. 그들 예는 그러한 변화가 語頭 位置에서는 물론 非語頭 位置에서도 일어났음을 말해준다. 한편 (18e)의 예들은 동일한 조건에서도 치경 마찰음 뒤에서 일어난 '으>이'의 변화는 절대적이 아니었음을 말해준다. 그리고 (18f)의 예들은 그러한 변화가 한자어에는 적용되지 않았다는 것을 알려준다.

이상의 논의로부터 이 지역어가 겪은 '으>이'의 변화에 대하여 다음과 같은 사실을 알 수 있다. 즉 이 지역어에서 '으>이'의 변화는 '으'가 경구음이나 치경 마찰음 뒤에 있을 경우에 한하여 일어났다. 이 경우에 형태소 내부에서 차지하는 '으'의 位置는 語頭거나 非語頭거나 관계가 없었다. 그런데 경구개음 뒤에서 일어난 그 변화와 치경 마찰음 뒤에서 일어난 그 변화에는 약간의 차이가 있었다. 그 차이는, 前者의 경우, 고유어나 한자어의 구별 없이 그 변화가 의무적이었음에 비하여, 後者의 경우, 한자어에서는 일어나지 않았으며, 고유어에서도 그 경향이 강하였지마는 그 변화를 입지 않은 단어들도 상당히 있다는 것이다.

3.5. 오〉우

국어 음운사에서 非語頭 位置의 '오'가 '우'로 되는 변화는 17세기 경에 일어난 것으로 알려져 있다(李崇寧1959: 116). 이 현상은 'ᄋ'의 소실로 인한 母音體系의 불균형을 바로 잡기 위한 일련의 母音推移 (vowel shift)와 밀접한 관계가 있을 것으로 추정되는데, 여기서는 이 지역어가 겪은 이 변화의 양상과 조건을 밝히는 데에 관심을 한정시 키기로 한다.

먼저 자료를 제시하고 논의를 계속하기로 한다.

(19) a. 지둥(柱, 기동), 바둑(碁, 바독), 오줌(尿, 오좀),

　　　 깨구리(蛙, 개고리), 천둥(雷, 텬동), 댄추(鈕, 단초),

　　　 봉우리(峯, 봉오리), 홍두깨(趕麵棍, 홍도ㅅ개),

　　　 송굿-(錐, 송곳), 갈쿠리(鉤子, 갈고리),

　　　 내우간(內外間, 내외간), 소굼(鹽, 소금〈소곰),

　　　 까꾸루(倒, 갓고로), 손수(自, 손소, 손조.),

　　　 바꾸-(換, 밧고-), 모두-(集, 모도-),

　　　 가두-(囚, 가도-.), 배우-(學, 빈호-),

　　　 싸우-(戰, 싸호-), 가추-(具備, ᄀ초-),

　　　 감추-(藏, ᄀᆷ초-), -구(-고), -으루(-으로),

　　　 -두룩(-도록)

　　 b. 보-(見, 보-), 호-(縫, 호-), 오-(來, 오-),

　　　 고:-(烹, 고으-)

68

c. 꾸-(搓, 쇠-), 쑤-(射, 쏘-)

먼저 (19a)의 예들은, 괄호 안의 근대국어 자료나 후기 중세국어 자료와 비교할 때에, 非語頭 位置에 있던 '오'가 '우'로 변한 사실을 알려준다. 그리고 그러한 변화는 명사나 동사나 부사는 물론 어미에서도 일어났음을 알려준다.

한편 (19b)는, (19a)의 '골무, 봉우리, 홍두깨, 송굿, 소숨, 손수, 모두', 등과 함께, '오〉우'의 변화가 語頭 位置에서는 일어나지 않았다는 것을 말해준다. 이러한 원칙을 위배하고 있는 것이 (19c)의 예들이다. (19b)와 같이 일음절의 개음절 어간으로서 어간 母音이 '오'인 동사들은 이 변화를 겪지 않았으므로, (19c)의 두 동사만이 '오〉우'의 변화를 겪었다고 보기는 어렵다.

인접한 충청남도 방언이나 경기도의 다른 하위방언에서도 (19c)와 같은 방언형은 존재하지 않는다. 특이 하게도, 그러한 방언형은 경상북도의 〈울진, 영덕, 영일, 경주, 경산, 영천, 성주〉등에서 발견된다(崔鶴根 1978: 1300; 崔明玉 1980: 177). 이 점에서 (19c)의 두 예는 특별하다고 하겠다. 이들 예가 차용에 의한 것인지 아니면 어떤 다른 원인에 의한 것인지는 앞으로의 연구가 기대된다.

지금까지의 논의를 정리하면 다음과 같다. 이 지역어에서 '오〉우'의 변화는 非語頭 位置에서 일어났으며 그 位置에서 변화를 제약하는 음운론적 조건은 존재하지 않았다.

3.6. 圓脣母音化와 非圓脣母音化

국어 음운사에서 圓脣母音化란 후설 비원순 高母音인 '으'가 양순음 'ㅁ, ㅂ, ㅃ, ㅍ' 뒤에서 후설 원순 高母音인 '우'로 바뀌는 현상을 말한다. 이에 반하여 非圓脣母音化란 원순母音이 양순음 아래서 비원순母音으로 바뀌는 현상이다. 圓脣母音化가 전국적인 현상이었음에 비하여 非圓脣母音化는 많은 방언차를 보였던 것이었다.

그리하여 圓脣母音化에 의하여 후기 중세국어의 '믈(水), 블(火), 플(草), 프성귀(靑菜), 므지개(虹), 믄득(忽), 므싀엽-(怕), 븟-(注), 프르-(靑), 므르-(軟)' 등은 거의 전국적으로 각각 '물, 불, 풀, 푸성귀, 무지개, 문뜩, 무섭-, 붓-, 푸르-, 무르-'로 되었다. 그리고 非圓脣母音化에 의하여 '보션, 본도기' 등은 거의 전국적으로 '버선, 번데기(또는 뻔데기, 뻔디기 등)' 등으로 되었다. 지금까지의 방언 연구 결과에 의하면, 중부방언 경우는 非圓脣母音化가 다른 방언에 비하여 그 세력이 강하였던 것으로 생각된다(李秉根1970a).

그런데 이 지역어는 圓脣母音化 현상을 겪지 않은 것 같은 생각을 하게 한다. 이러한 생각을 가능하게 하는 것이 (20a)의 예들이다. 그들 예는 괄호 안의 후기 중세국어형과 동일하게 양순음 아래 후설 비원순 高母音 '으'를 그대로 유지하고 있기 때문이다. 양순음 아래서 '으'를 유지하는 것은 語頭 位置나 非語頭 位置나 모두 마찬가지이다.[19]

___

19) 현재 이 지역어 이외의 다른 방언에서는 '슬프-'나 '기쁘-' 등은 자음으로 시작하는 어미와 통합하면, 양순음 아래의 '으'가 '우'로 실

(20) a. 믈(水, 믈), 블(火, 블), 플(草, 플), 프성(靑菜, 기프성귀),
　　　므지개(虹, 므지개), 믄뜩(忽, 믄득), 므섭-(怕, 므싀엽-),
　　　붛-(注, 붇-), 프르-(靑, 프르-), 므르-(軟, 므르-);
　　　그믈(網, 그믈), 그믐(晦, 그믐), 슬프-(哀, 슬프-),
　　　기쁘-(喜, 깃브-)

　　 b. 뻔데기(蛹, 본도기), 버선(布襪, 보션), 버리(麥, 보리),
　　　뻼(把長, 쏨), 먼저(先, 몬져)

　　 c. 골므(頂針子, 골모), 므터-(不能, 몯ㅎ-),

　　 d. 쁘리(根, 불휘), 붓(筆, 붇), 브처(佛, 부텨),
　　　므:, 므시(蘿蔔, 무수), 브와(肺, 부화), 쁜(쏜),
　　　므궁아(무궁화), 뮦-(束, 묶-〈묶-〉), 므디-(鈍, 무듸-),
　　　므치-(被埋, 무티-)

　그러나 이 지역어가 圓脣母音化를 겪지 않았다는 것은 (20a)에서
이 지역어형과 후기 중세국어형을 단순히 비교함으로써 내린 결론에
지나지 않는다. 우리는 그것이 사실이 아니라는 것을 (20b)의 예들을
통하여 확인할 수 있다. (20b)의 예들은, 괄호 안의 예에서 볼 수 있
는 바와 같이, 후기 중세국어 시기에 양순음 아래에 원순母音 '오'를
가지고 있었다. 국어 음운사에서 非圓脣母音化는 양순음 아래의 '오'
가 당시의 母音體系에서 그와 대립을 이루던 '어'로 변화되는 것이었
다(李秉根1970a: 158). 그런데 (20b)의 예들은, 前時期의 양순음 아

현된다. '슬푸구/고, 슬푸더라; 기뿌구/고, 기뿌더라'와 같은 예가 그
에 해당된다. 그러나 이 지역어에서는 그 경우에도, '슬프구, 슬프더
라; 기쁘구, 기쁘더라'에서 보듯이, 양순음 아래의 '으'는 '우'로 실현
되지 않는다.

래의 '오'에 대하여 '어'의 대응을 보이고 있으므로, 非圓脣母音化를 겪은 것들이라고 할 수 있다. 그러므로 이 지역어도 일부 단어에 한하여 非圓脣母音化를 겪었다고 하겠다.[20]

(20c)의 예들은 (20b)의 단어들이 겪은 것과는 다른 非圓脣母音化를 겪은 것들이다. 그것은 (20c)의 예들이 현재 양순음 아래에 후설 비원순 高母音 '으'를 가지고 있기 때문이다. 그들 단어가 (20b)의 단어들과 동일한 非圓脣母音化를 겪었다고 한다면, 양순음 아래의 母音이 당연히 '어'이어야 할 것이기 때문이다.

이 점에서 (20c)의 예들은 非語頭 位置에서 일어난 '오>우'의 변화와 함께 양순음 아래의 '우'가 그와 음운론적 대립을 이루는 후설 비원순 高母音 '으'로 되는 새로운 非圓脣母音化를 겪었다고 할 것이다.[21] 이들 예가 '오>우'의 변화를 겪었다는 것은 다음의 사실을 통하여 입증된다. 먼저 그들 예가 비원순母音化를 겪었다고 한다면, 양순음 아래의 母音이, (20b)의 예들과 같이, '어'로 되어 있어야 할 것이다. 그런데 이 지역어는 양순음 아래에서 '으'를 가지고 있으므로 그들 예가 非圓脣母音化를 겪은 것이 아님을 알 수 있다.

한편 (20d)의 예들은, 괄호 안의 후기 중세국어형과 비교할 때, 후기 중세국어형이 가진 양순음 아래의 '우'에 대하여 '으'로의 대응을 코

---

20) 그러나 이 지역어는 경기도의 하위방언이지만, 李秉根(1970a: 153-55)에 제시되어 있는 단어들에 대하여 모두 비원순모음화를 보이지 않는다. 예컨대, '본보기, 본바탕, 본심(本心), 볼때기(頰), 모처럼, 부고(父母)' 등은 비원순모음화를 겪지 않았다.

21) 다만 (20c)의 예에서 '므터-'는 어두 위치에서 '오>우'를 겪은 예외적인 존재이다.

인다. 이것은 (20c)의 예들이 먼저 '오>우'의 변화를 겪은 다음에 새로 발생한 양순음 아래의 '우'가 '으'로 되는 변화를 겪었음을 말해준다.

지금까지의 논의를 정리하면 다음과 같다. 이 지역어도 대부분의 국어 방언들이 겪은 圓脣母音化 즉 양순음 아래의 '으'가 '우'로 되는 변화를 겪었으며, 그 수가 그리 많지는 않지만, 非圓脣母音化도 겪었다. 그런데 이 지역어에는 양순음 아래의 '우'가 그에 대립하는 후설 비원순 高母音 '으'로 되는 새로운 非圓脣母音化를 겪었다. 이 새로운 변화는 양순음 아래의 '으'가 '우'로 되는 圓脣母音化와 양순음 아래의 '오'가 '어'로 되는 非圓脣母音化보다 뒤에 발생한 변화이다. 따라서 (20a)의 예들은 圓脣母音化를 겪은 뒤에 다시 새로 발생한 非圓脣母音化를 겪은 것이라고 하겠다.

3.7. 母音調和

후기 중세국어의 문헌자료는 형태소 내부와 형태소 경계에서 母音調和가 엄격하게 지켜지고 있었음을 알려준다. 그 시기의 母音調和는 李崇寧(1947)과 李基文(1968, 1979) 그리고 金完鎭(1971a)에서 정밀하게 고찰되었다. 여기서는 이들 연구 결과를 참고하여, 이 지역어에 母音調和가 존재하였는가를 구명하고, 母音調和가 존재하였을 경우에 그 본질이 무엇인가를 구명하는 것을 목적으로 한다.

앞에서 필자는 이 지역어가 겪은 'ᄋ'의 변화와 '오>우'의 변화에 대하여 논의하였다. 이 두 변화는 형태소 내부에서의 母音調和를 깨뜨

린 결정적인 요인이었다. 그러므로 이들 두 변화를 이용함으로써, 이 지역어의 母音調和에 대한 고찰을 쉽게 할 수 있다. 여기서 논의의 대상이 되는 것은 형태소 내부에서의 母音調和이다.22)

　형태소 내부에서의 母音調和는 陰性母音의 調和와 陽性母音의 調和 그리고 中性母音의 調和로 나눌 수 있다. 그런데 중성母音의 調

---

22) 형태소 경계에서의 모음조화는 공시적 현상이다. 현대국어에서 공시적 현상으로서의 모음조화는 어간과 부사형 어미 '-어X'가 통합하는 경우에 한정된다. 이 환경에서 중부방언은 부사형 어미의 모음조화를 가지고 있지 않다. 충청남북도 방언을 예로 들면, 어간 음절이 개음절이고 그 음절의 모음이 '아'나 '오'이면, 부사형 어미는 '아'로 실현되고 그 외의 경우에는 '어'로 실현된다. 그리고 일음절 어간의 경우에, 어간 음절이 폐음절이면, 어간 모음이 '오'일 때에만 부사형 어미는 '아'로 실현되고 그 외의 경우에는 '어'로 실현된다. 어간이 이음절 이상일 경우에는 어간말 음절이 '으'로 끝나고 어간의 첫음절 모음이 '오'인 경우에 한하여 부사형 어미는 '아'로 실현되고 그 외의 경우에는 거의 '어'로 실현된다(韓國精神文化硏究院 1987: 255-64, 1990a: 296-307; 崔明玉 1992: 149 참조).
　그러나 이 지역어는 어간이 일음절인 경우에는 모음조화를 보인다. 그리고 어간이 이음절 이상인 경우에는 어간말 음절이 '으'로 끝나고 어간의 첫음절 모음이 '아'나 '오'일 때에 부사형 어미는 '아'로 실현된다. 그 외의 경우에는 일반적으로 '어'로 실현된다. 다음의 예가 그 사실을 알려준다.
　a. 이거두, 익꾸(익-, 熟), 시너두, 싱꾸(신-, 履),
　　지워두, 집꾸(집〈깁-,縫),여두, 이구(이-, 戴)
　b. 머거두, 먹꾸(먹-, 食), 드러두, 득꾸(듣-, 聞),
　　우서두, 욱:꾸(웃:-, 笑), 꿔:두, 꾸구(꾸-, 夢)
　c. 마가두, 막꾸(막-, 防), 조아두, 조:쿠(좋:-, 好),
　　고와두, 곱:꾸(곱:-, 麗), 와두, 오구(오-, 來)
　d. 기뻐두, 기쁘구(기쁘-, 喜), 나눠두, 나누구(나누-, 分),
　　다드머두, 다듬꾸(다듬-, 整), 사나워두, 사납꾸(사납-, 猛),
　　달라두, 달르구(달르-, 異), 몰라두, 몰르구(몰르-, 不知)

和는 중성母흡 '이' 다음에 陰性母흡, 陽性母흡, 중성母흡 어느 것이
와도 가능한 것이므로, 그러한 현상은 별로 주목의 대상이 될 수 없
다. 다시 말하면, 陰性母흡의 調和와 陽性母흡의 調和의 존재만 구명
되면, 이 지역어가 형태소 내부에서 母흡調和를 가지고 있었다는 사
실이 입증되는 것이다. 그러므로 여기서는 陰性母흡의 調和와 陽性母
흡의 調和에 관심을 한정하기로 한다.

3.7.1. 陰性母흡의 調和

필자는 앞에서 'ᄋ'의 소실과 非語頭 位置에서의 '오〉우'의 변화로
형태소 내부의 母흡調和가 파괴되었다고 서술한 바 있다. 그러나 생
각해 보면, 그들 변화는 陽性母흡의 調和만을 파괴한 것이지 陰性母
흡의 調和를 파괴한 것은 아니었다. 이 점에서 이 지역어에 대한 형
태소 내부의 母흡調和의 존재 여부는 陰性母흡의 調和를 확인함으로
써 밝혀질 수 있다. (21)의 예들은 이 지역어에 陰性母흡의 調和
가 있었음을 알려 준다.

  (21) a. 그믐(晦, 그믐), 끄름(炱, 그스름), 그륵(器, 그릇),

     그늘(陰, 그늘), 그믈(網, 그물), 브스럼(癤, 브스름),

     므엇(何, 므섯), 벙어리(啞, 버워리),

     두꺼비(蟾, 두터비, 둣겁이), 저울(冬, 겨슬),

     프성기(靑荣, 프성귀), 두드러기(疹, 두드러기),

    b. 프르-(靑, 프르-), 슬프-(哀, 슬프-),

더듬-(撫, 더듬-), 거느리-(領, 거느리-),
여믈-(實, 여믈-), 므섭-(怕, 므싀엽-),
거두-(收, 거두-), 어우르-(混, 어울-)

후기 중세국어에서 陰性母音의 調和는 陰性母音 '우, 어, 으' 상호간의 調和였다. 만약 이 지역어가 前時期에 陰性母音의 調和를 가지고 있었다고 한다면, '우, 어, 으' 상호간의 母音調和가 확인되어야 할 것이다. 명사의 어간과 용언의 어간인 (21a)와 (21b)의 예들은 語幹 末 음절 母音 '이'를 제외하면 모두 陰性母音으로 구성되어 있다. 그들 어간의 陰性母音 調和의 유형은 '으-으, 으-어, 으-으, 으-으-어; 어-어(-이), 어-우, 어-으, 어-우-으; 우-어(-이), 우-으-어'로 정리된다. 그런데 (21)의 예들은 다른 방언으로부터 차용된 것이라 할 수 없다. 그리고 이 지역어가 보여주는 陰性母音의 調和는 괄호 안의 후기 중세국어의 자료들이 보여주는 그것과 서로 일치를 보인다. 그러므로 위에 정리된 것과 같은 陰性母音 調和의 유형은 이 지역어가 前時期에 陰性母音의 調和를 가지고 있었음을 입증하는 것이다.

3.7.2. 陽性母音의 調和

陰性母音의 調和와는 달리, 陽性母音의 調和는 공시적인 자료를 통하여 확인하기가 어렵다. 그것은 앞에서 언급한 근대국어, 시기어 발생된 두 가지 음운변화인 'ᄋ>으'의 변화와 '오>우'의 변화 때문이다.

후기 중세국어가 가지고 있었던 陽性母音의 調和는 陽性母音 '오, ♀, 아' 상호간의 調和였다. 그런데 非語頭 位置에서 발생한 위의 두 음운변화로 인하여, 두 음소 '♀'와 '오'에 의하여 유지되던 陽性母音 의 調和는 파괴되었다.

그러나 자세히 관찰하면, '아-아'나 '오-아' 유형의 陽性母音 調和 는 그 두 음운변화에 영향 받지 않았을 것임을 알 수 있다. 그러므로 먼저 이 지역어에 陽性母音의 調和가 있었다면 '아-아'나 '오-아' 유형의 어간이 존재하여야 한다. (22)의 예를 통하여 그러한 유형의 어간을 확인할 수 있다.

(22) a. 바다(海, 바다ㅎ), 가마(釜, 가마), 자라(鼈, 자라),
　　　　방아(碓, 방하), 하나(一, ㅎ나ㅎ), 도마(俎, 도마),
　　　　올챙이(蝌, 올창이), 봉오리(峯, 봉오리)
　　 b. 만나-(遇, 만나-), 자라-(生長, ᄌ라-),
　　　　바라-(望, ᄇ라-), 나타나-(顯, 나타나-),
　　　　괴롭-(苦, 고롭/괴롭-), 외롭-(孤, 외롭-)

(22)의 어간들은 語幹末음절 母音 '이'를 제외하면 모두 陽性母音 으로 구성되어 있다. (22a)의 '올챙이'는 움라우트에 의하여 '올창이' 로부터 형성된 것이다. 그리고 (22b)의 '괴롭-'과 '외롭-'에서 '외'는 후기 중세국어 시기에 二重母音 '외/oj/'였으며, 二重母音의 경우에 母音調和와 관련되는 것은 核母音인 '오'였다. 그러므로 (22)의 어간 은 '아-아, 오-아, 오-오'와 같은 陽性母音의 유형을 보여준다. 그 중에서 '오-오'의 調和는 非語頭 位置에서의 '오>우'가 적용되지 않

은 단어가 보여주는 것이다.23)

　다만 그 경우에 괄호 안의 후기 중세국어형과 비교하면, 어간의 첫 음절 母音에서 하나의 차이를 보인다. 그것은 후기 중세국어형의 'ᄋᆞ' 에 대하여 이 지역어가 '아'로의 대응을 보이는 것이다. 그러나 그 차이는 설명이 불가능한 것이 아니다. 語頭 位置에서 발생한 'ᄋᆞ'의 두 번째 단계의 변화인 'ᄋᆞ>아'의 변화를 고려하면, 그 차이가 쉽게 설명된다. 그 결과 이 지역어가 前時期에 '아-아, 오-아'와 일부의 '오-오'에 의한 陽性母音의 調和를 가지고 있었음이 입증된다.

　그 밖의 陽性母音의 調和는 (23)의 예들로부터 재구된다. 먼저 (23a)에서 이 지역어형은 母音調和를 어기고 있다. 제시된 예들이 語頭 음절 母音으로 陽性母音 '아'나 '오'를 가지고 있으므로, 母音調和가 지켜지려면, 그다음 음절의 母音이 '아'나 '오'가 되어야 한다. 그런데 해당 음절의 母音은 모두 陰性母音 '우'이다. 그러므로 (23a)의 예들은 陽性母音의 調和와는 관계가 없는 것으로 생각된다.

　그러나 그러한 생각은 공시적인 어형만을 고려한 데에서 말미암은 것이다. 이 지역어가 非語頭 位置에서 '오>우'의 변화를 겪었다는 점을 고려하면, 그리고 제시된 단어에 해당되는 괄호 안의 후기 중세국어형이 모두 둘째 음절 母音으로 '오'를 가지고 있다는 점을 고려하면, 그들 '우'가 '오'에서 변화된 것임을 인정하게 된다. 그 결과 (23a)의 예들을 통하여 '아-아, 으-아, 오-오'의 調和 외에 더 많은 '오-오'의 調和와 더불어 또 다른 '아-오'의 調和도 존재하였음을 알게 된다.

---

23) 이리한 예의 존재는 비어두 위치에서 '오>우'의 변화가 절대적인 것이 아니었음을 말해준다.

78

(23) a. 바둑(碁, 바독), 오줌(尿, 오좀), 송굿(錐, 송곳),

　　　　모두(皆, 모도), 바꾸-(換, 밧고-), 가두-(囚, 가도-),

　　　　모두-(集, 모도-), 나누-(分, 난호-)

　　　b. 아들(子, 아둘), 오늘(今日, 오늘), 마늘(蒜, 마늘),

　　　　다듬-(整, 다둠-), 가믈-(旱, ᄀᆞ믈-),

　　　　바쁘-(忙, 밧ᄇᆞ-), 고프-(餓, 골ᄑᆞ-),

　　　　아프-(痛, 알ᄑᆞ-)

(23a)의 예들과 동일하게, (23b)의 예들도 母音調和를 어기고 있다. 語頭 음절의 母音이 '아'나 '오'이므로, 그들 예가 母音調和를 유지하기 위해서는 둘째 음절의 母音이 '아'나 '오'가 되어야 할 것이다. 그런데 모든 예들이 둘째 음절의 母音으로 '으'를 가지고 있다. (23a)의 경우와는 달리, '으'로 인한 母音調和의 파괴는, 둘째 음절의 母音이 '아'나 '오'가 되어야 한다고 할 때에는, 이 지역어가 겪은 변화로써 설명될 수 없다. 이 지역어에서 '아'는 어간 내의 어떠한 位置에서도 변화되지 않았으며, '오'는 非語頭 位置에서 '우'로, 語頭 位置에서는, 그 수가 많지 않지만, 양순음 위에서 非圓脣母音化에 의하여 '어'로만 변화하였다. 그러므로 '아'가 '으'로 변하였다거나 '오'가 '으'로 변하였다는 설명은 불가능하다.

　非語頭 位置의 '으'로 인한 陽性母音의 調和의 파괴는 'ᄋᆞ'의 존재를 인정함으로써 새롭게 설명될 수 있다. 前時期의 이 지역어는 陽性母音으로서 '아, 오' 외에 'ᄋᆞ'도 가지고 있었기 때문이다. 이 지역어가 非語頭 位置에서 'ᄋᆞ〉으'의 변화를 겪었음을 고려하면, (23b)의 예들이 보이는 非語頭位置의 '으'는 'ᄋᆞ'에 소급될 수 있으며, 그럴 경우에 현재

非語頭 位置의 '으'가 'ᄋ〉으'의 변화로써 설명될 수 있다. 그 결과 아
－ᄋ'와 '오－ᄋ'라는 새로운 陽性母音의 調和 유형을 얻게 된다.

이상의 논의에 의하여 우리는 前時期에 이 지역어가 형태소 내부에
서 母音調和를 엄격하지 유지하고 있었음을 알게 된다.

3.8. 움라우트

국어의 음운변화에서 가장 많은 논의의 대상이 되어 온 것의 하나
로 움라우트를 들 수 있다. 움라우트란 後舌母音이 '이'나 j가 지닌
前舌性([-back])에 동화되어, 그에 해당되는 前舌母音으로 변화는
현상이다. 이 현상은 1910년대에부터 연구자의 관심사가 된 이후
1960년대에는 구조주의 언어학적 관점에서 母音體系와 관련하여 정밀
하게 기술되었으며, 1970년대 이후부터는 생성음운론적 관점에서 구조
주의 언어학적 기술이 재검토되면서 비음운론적 제약과 함께 그 현상
을 지배하는 규칙을 정밀화하는 단계에까지 이르렀다. 그동안에 이루
어진 국어 움라우트에 대한 수많은 연구는 崔明玉(1988, 1989)과 崔
銓承(1990)에 그 論著 目錄과 함께 그 내용이 연구사적으로 검토되
고 정리되었다.

국어 움라우트 연구에서 밝혀진 결과는 다음 몇 가지로 요약된다.
국어 움라우트의 가능 환경과 영역은 '[後舌母音], [非舌頂的子音],
['이' 또는 j]'로 표시되는데, '[後舌母音]'은 被同化主, '[非舌頂的子
音]'는 介在子音, '['이' 또는 j]'는 同化主라고 불러진다. 이 중에서

被同化主가 될 수 있는 것은 모든 後舌母音 '으, 어, 우, 오, 아'이지만, 방언에 따라 高母音 '으'와 '우'는 被同化主의 성격이 약하며 被同化主가 長母音인 경우에는 움라우트가 불가능하다. 특히 중부방언이 그에 해당된다. 介在子音이 될 수 있는 것은 양순음 'ㅂ, ㅍ, ㅃ, ㅁ'과 연구개음 'ㄱ, ㅋ, ㄲ, ㅇ'과 후음 'ㅎ'에 한정되며, 이들 介在子音이 개재되지 않으면 움라우트는 불가능하다. 그러나 용언에 한하여 'ㄹ'이 介在子音이 될 수 있다. 그리고 同化主는 '이' 또는 j에 한정된다.

그러나 이상과 같은 조건이 충족되는 경우에도 움라우트를 보이지 않는 것들이 있다. 그것은 움라우트에 가해지는 형태론적인 제약 때문이다. 형태론적인 제약에 포함되는 것으로는 파생어미 '이, 히'에 의하여 파생된 부사와 활용어미 '-기'에 의한 명사형은 일반적으로 움라우트에서 제외된다.

한편 기저표시나 규칙적용 순서 문제는 움라우트의 공시성과 통시성 與否와 '子音同化, 구개음화, 움라우트, 二重母音 '의'의 單母音化' 상호간의 관계에 따라 달리 해석될 수 있다. 그런데 형태소 내부에서의 움라우트는 通時的 현상이며 움라우트는 子音同化와 구개음화 이후에서 二重母音 '의'의 單母音 이전에 발생된 현상이다. 그러므로 형태소 내부의 움라우트 예외들에 대하여 同化主를 '의/ㅓj/'로 표시할 필요가 없으며, 움라우트가 불가능한 介在子音이 있음에도 움라우트가 가능한 예들에 대하여 규칙적용 순서를 설정할 필요가 없다.

이 지역어의 움라우트는 어떤 음운론적 또는 비음운론적 조건에서 일어났으며, 그 조건은 국어 움라우트에 대한 이상과 같은 제 조건과 어떤 관계가 있는가를 밝히려는 것이 여기서의 목적이다. 논의의 편의

를 위하여, 전체 움라우트를 형태서 내부에서와 형태소 경계에서의 움
라우트로 나누어 고찰할 것이다. 그리고 그들 움라우트의 공시성과 통
시성을 구별하고 아울러 여러 가지 제약 조건을 밝히는 순서로 논
의를 진행하고자 한다.

3.8.1. 形態素 內部에서의 움라우트

여기서 논의 대상이 되는 형태소에는 파생접미사에 의하여 파생된
형태소까지 포함된다. 그러므로 (1) 파생접미사 '이'에 의하여 파생된
'손잡이, 돋보기' 등, (2) 축소사 '아기, 어기; 아지, 어지' 등에 의하여
파생된 '싸라기, 송아지' 등, (3) 피동이나 사동 접미사에 의하여 파생
된 피동사 '잡히-(被執), 곪기-(被膿)' 등이나 사동사 '먹이-(使
食), 웃기-(使笑)' 등 그리고 (4) 複合語 '강변(江邊), 해바라기' 등
이 논의 대상에 포함된다.

움라우트의 被同化主가 되는 後舌母音에는 '아, 어, 오, 우, 으'가
있다. 먼저 이들 後舌母音이 이 지역어에서 모두 被同化主가 되는가
를 알아보면서 논의를 시작하기로 한다.

3.8.1.1. 被同化主가 '아'인 경우

형태소 내부에서 後舌母音 '아'는 被同化主로서의 성격이 강하다.
(24)의 예들에서 그 사실을 알 수 있다. (24a)의 바로 전 단계 어형은
'아비, 차비, 가잠이(또는 가자미), 맨드라미(〈민드르미, 민도람이), 소

82

잡이, 하필'이었다. 이들 전 단계 단어들은 모두 同化主 '이' 앞에 介
在子音으로 양순음 'ㅂ, ㅁ, ㅍ'을 가지고 있으며 被同化主는 '아'이다.
이러한 음운론적 환경에서는 움라우트가 가능하다. (24a)의 예들은 전
단계 어형의 被同化主 '아'에 대하여 그와 대립되는 前舌母音 '애'를
가지고 있으므로 그것들은 모두 움라우트에 의한 것이라 하겠다.

    (24) a. 애비(父), 채비(差備), 손재비, 까재미(比目魚),

             맨드래미(冠花), 해필(何必)

        b. 싸래기(米), (실) 오래기, 해바래기(向日花), 새경,

           지프래기(藁), 가랑이(肢), 호랭이(虎), 점쟁이(占術家),

           난쟁이(小人), 미장이(土工), 방맹이(枯杵), 승앵이(豺),

           아지랑이(靄)

        c. 챔빗(빗), 갱변(江邊), 냄편(男便), 새명제(三兄弟),

           댑뺀(答辯)

        d. 재피-(執), 애끼-(節約), 깨끼-(使削), 매키-(被防),

           새키-(消化), 배키-(入), 째이-(被積), 냉기-(使餘),

           쟁기-(被閉), 갱기-(使捲), 댕기-(引), 생키-(呑),

        e. 대리-(熨), 개렵-(癢), (오줌) 매렵-,

        f. 매끼-(使任), 앵기-(使抱)

    그리고 (24b)의 바로 전 단계 어형은 '싸라기, 오라기, 해바라기, 사
경, 지프라기, 가랑이, 호랑이, 점장이, 난장이, 미장이, 방망이, 승냥이,
아지랑이'이었다. 이들 전 단계 단어는 同化主 '이' 앞에 연구개子音
'ㄱ'과 'o/ŋ'을 가지고 있으며 被同化主로 '아'를 가지고 있다. 이러한

음운론적 환경에서도 움라우트가 가능하다. 그런데 (24b)의 예들은 被同化主 位置에 전 단계 어형의 被同化主 '아'에 대하여 그와 대립 되는 前舌母音 '애'를 가지고 있으므로 그것들은 모두 움라우트에 의 한 것이라 하겠다.

또 (24c)의 전 단계 어형은 '참빗, 강변, 남편, 삼형제, 답변'이다. 이들 전 단계 어형은 同化主로서 '이'나 j를 가지며 두 개의 介在子音 을 가지고 있다. 介在子音들은 모두 양순음이거나 연구개음과 양순음 이거나 양순음과 후음이다. 그리고 被同化主는 모두 '아'이다. 이러한 음운론적 환경에서도 움라우트가 가능하다. 실제로 (24c)의 被同化主 位置의 '애'는 전 단계 어형의 被同化主 '아'와 대립되는 前舌母音이 므로 그것들은 움라우트에 의한 것이라 하겠다.

(24a-c)의 예들과는 달리, (24d-f)는 모두 용언 어간이다. 이 경우 에도 (24d)의 전 단계 어형은 각각 '자피-, 아끼-, 까끼-, 마키-, 사키-, 바키-, 싸히-(〈쌓이-), 낭기-(〈남기-), 장기-(〈잠기-), 강기-(〈감기-), 당기-, 상키-(〈삼키-)'이다.24) 이들 전 단계 단 어는 同化主 '이' 앞에 介在子音으로 양순음이나 연구개, 또는 후음이 나 두 개의 연구개음을 가지고 있으며 被同化主로 '아'를 가지고 있다. 그런데 (24d)의 예들은 被同化主 位置에 모두 前舌母音 '애'를 가지 고 있다.25) 그것은 전 단계 어형이 가진 被同化主 '아'에 대립되는 것

---

24) 여기에 제시된 어형은 기저형이다. 예컨대 '자피-(使執), 싸이-(被積), 낭기-(使餘)' 등은 각각 '잡히-, 쌓이-, 남기-' 등으로 쓰는데, 이것은 표기법의 규정에 의한 것이다. 어휘부에 등록되는 그 들 어형은 각각 '자피-, 싸이-, 낭기-'라야 한다.

25) (24d)의 '쌔이-'는 일견하여 개재자음 없이 움라우트를 겪은 것 같 지만 그렇지 않다. 그것은 후음이 개재자음일 때에 움라우트를 겪고

이다. 그러므로 (24d)의 예들은 움라우트를 겪은 것이라 하겠다.

한편 (24e)의 전 단계 어형은 각각 '다리-, 가렵-, 마렵-'이다. 이들 어형은 同化主 '이'나 j 앞에 介在子音 'ㄹ'를 가지고 있으며 被同化主 '아'를 가지고 있다. 일반적으로 'ㄹ'은 움라우트의 介在子音이 될 수 없지만, 용언 어간에서는 介在子音이 될 수 있다. 그러므로 그 환경에서 움라우트가 가능하다. (24e)의 예들은 被同化主 位置에 前舌母音 '애'를 가지고 있는데, 이것은 전 단계 어형이 가진 被同化主 '아'에 대립되는 것이다. 그러므로 (24e)의 예들은 움라우트를 겪은 것이라 하겠다.

끝으로 (24f)의 전 단계 어형은 '마끼-(〈맡기-), 앙기-(〈안기-)'이다. 이들 어형이 가진 음운론적 환경은 (24d)와 동일하다. 그런데 (24f)의 예들이 被同化主 位置에 가지고 있는 前舌母音 '애'는 전 단계 어형이 가진 被同化主 '아'에 대립되는 것이다. 그러므로 (24f)의 예들은 움라우트를 겪은 것이라 하겠다.

지금까지의 논의를 종합하면, 이 지역어는 同化主가 '이'나 j이고 介在子音이 양순음이나 연구개음 또는 후음이면 被同化主 '아'는 움라우트를 겪는다는 것이다. 여기에 다음 세 가지 사실을 덧붙일 수 있다. 첫째, (24c)의 '댑뺀'은 원래 '답뻔(〈답변)'에서 움라우트를 겪은 것인데, 현재의 어형은 同化主 位置에 前舌母音 '애'를 가지고 있다. 前舌母音 '애'는 同化主로서의 기능을 가지지 못하므로, 움라우트형 '댑뺀'은 전 단계에 j를 同化主로 가지고 있을 때에 이루어진 것이며 그 뒤에 語幹末 音節母音이 單母音으로 축약되었다고 보아야 한다. 그러므로 형태소 내부의 움라우트는 通時的 현상이라고 하여야 한다.

그 뒤에 유성음 사이에서 후음이 삭제된 것으로 보아야 할 것이다.

둘째, (24c, d)의 예들은 同化主와 被同化主 사이에 두 개의 介在
子音이 있어도 움라우트가 가능하다는 것을 말해준다. 다만 그 경우
에 두 介在子音은 양순음이나 연구개음이어야 한다. 셋째, (24f)의 예
는 단어형성 시기에는 움라우트를 불가능하게 하는 子音(제시된 예에
서는 치경음)이 있어도 그것이 단어형성 뒤에 子音同化에 의하여 양
순음이나 연구개음으로 되면 움라우트가 가능하다.[26] 그러므로 형태
소 내부의 움라우트에 대하여 규칙적용의 순서를 논의할 필요가 없다.

3.8.1.2. 被同化主가 '어'인 경우

형태소 내부에서 '어'도 움라우트의 被同化主가 된다. (25)의 예에
서 그 사실이 확인된다. 먼저 (25a)의 전 단계 어형은 각각 '어미, 겨
편네, 두꺼비, 구더기, 무더기, 건더기, 부스러기, 두드러기, 구렁이, 지
렁이, 구덩이, 웅덩이'이다. 이들 단어는 同化主 '이'나 j 앞에 양순음
이나 연구개음을 介在子音으로 가지고 있으며 被同化主 '어'를 가지
고 있다. 이러한 음운론적 환경에서는 움라우트가 가능하다. 그런데
(25a)의 예들은 被同化主 位置에 모두 '에'를 가지고 있다. 그것은 전
단계의 어형이 가진 被同化主 '어'와 대립되는 母音이다. 그러므로
(25a)의 예들은 움라우트를 겪은 것이라 하겠다.

(25) a. 에미(母), 예펜네(女便), 뚜께비(蟾), 구더기(蛆),
　　　　므데기(集積), (국) 건더기, 쁘시레기(屑), 두두레기(疹),
　　　　구렝이(蟒), 지렝이(蚯蚓), (물) 구뎅이, 웅뎅이(澤)

---

26) 이 사실은 (24f) 예들의 형성이 움라우트 이전에 이루어졌음을 말해준다.

   b. 에피-(使負), 데피-(加熱), 메기-(使食), 셍기-(事),

      베끼-(使脫), 세끼-(被混), 께끼-(被折),

      메키-(被食), 넹기-(使越), 베리-(損)

(25a)의 예들이 모두 명사인데 비하여 (25b)의 예들은 모두 용언이다. 이들 용언은 대부분 피동이나 사동 접미사에 의하여 파생된 피동사이거나 사동사이다. 그것들의 전 단계 어형은 각각 '어피-(〈업히-), 더피-(〈덥히-), 머기-(〈먹이-), 성기-(〈섬기-), 버끼-(〈벗기-), 서끼-(〈섞이-), 꺼끼-(꺾이-), 머키-(〈먹히-), 넝기-(〈넘기-), 버리-'이다. 이것들도 同化主 '이' 앞에 양순음이나 연구개음 그리고 설전음 'ㄹ'이 있으므로 움라우트의 환경을 가진다. 그런데 (25b)가 被同化主 位置에 가진 '에'는 전 단계 어형이 가진 被同化主 '어'와 대립된다. 그러므로 (25b)의 예들은 움라우트를 겪은 것이다.

지금까지의 논의에서 (25)의 예들은 움라우트에 의한 것이며 이 지역어에서 後舌母音 '어'는 被同化主가 된다는 것을 밝혔다. 여기서도 형태소 내부에서의 움라우트는 통시현상이며 형태소 내부의 움라우트에 대하여 규칙적용 순서를 설정할 필요가 없다는 사실을 뒷받침하는 증거가 있다. (25a)의 '예펜네'와 (25b)의 '베끼-(使脫)'가 그것이다. 이들 예들에 대한 설명은 각각 (24c)의 '댑뺄'과 (24f)의 '매끼-(使任), 앵기-(使抱)'에 대한 설명과 동일하다.

3.8.1.3. 被同化主가 '오'인 경우

後舌母音 '오'도 被同化主의 성격이 강하다. 그것은 (26)의 예들에서 확인된다. 먼저 (26a)의 전 단계 어형은 각각 '송편, 고기, 쇠고기, 소견, 포기, 조끼, 토끼, 몽둥이(〈몽동이〉), 모퉁이 (〈모통이〉), 몸뚱기 (〈몸똥이〉), 쌍둥이(〈쌍동이〉)'이다. 이것들은 同化主 '이' 앞에 양순광音이나 연구개음을 介在子音을 가지고 있으며 被同化主로서 '오'를 가지고 있다. 그런데 (26a)의 예들이 가진 被同化主 位置의 '웨'는 전 단계 어형이 가진 被同化主 '오'와 대립되는 前舌母音이 아니다. '으'와 대립되는 前舌母音은 '외'이다. 그러므로 (26a)의 예들은 움라우트를 겪은 것이 아니라고 할 수 있다.

그러나 이 지역어에서 二重母音 '외'가 '웨'로 변화한 사실(2.2.2.와 다음에 논의될 3.9. 참조)을 고려하면, (26a)의 예들이 被同化主 位置에 가지고 있는 '웨'는 움라우트에 의하여 '외'가 된 뒤에 다시 변화한 것임을 알 수 있다. 그러므로 이 지역어는 被同化主 '오'의 움라으트를 겪었다고 하겠다.

(26) a. 쉥편(松餅), 귀기(肉), 쇠궤기(牛肉), 쉐견(所見),
　　　　(배추)풰기, 줴끼(胴衣), 퉤끼(兎), 몽뒝이(棒),
　　　　모퉹이(隅), 몸뿅이(身), 쌍뒝이(雙童)

　　 b. 삐피-(被選), 눼피-(使高), 줴피-(使狹), 웽기-(使),
　　　　쉐기-(使欺), 눼기-(使溶), 붸끼-(被炒),
　　　　줴끼-(被追), 눼이-(被放), 눼려보-(耽)

여기서 특별한 주목을 요하는 것은 '뭉뎅이(棒), 모뎅이(隅), 몸뗑이(身), 쌍뎅이(雙童)'이다. 그것이 이들 예가 非語頭 位置에서 일어난 '오〉우'의 변화와 움라우트의 발생 순서에 대하여 말해주기 때문이다. 일반적으로 알려져 있는 것은 움라우트가 '오〉우'의 변화 뒤에 발생하였다는 사실이다. 그것은 표준어의 '몽둥이, 모퉁이' 등이 여러 방언에 '몽뒁이, 모퉁이'나 '몽딩이, 모팅이' 등으로 되어 있기 때문이다. 이 지역어에서도 이들 단어가 '오〉우' 변화 뒤에 움라우트를 겪었다면, '몽딩이, 모팅이' 등으로 되어 있어야 한다. 그러나 '몽뎅이, 모뎅이' 등으로 되어 있는 것은 이들 단어가 '몽둥이, 모통이'의 단계에서 움라우트를 겪었다는 것을 말해준다. 그러므로 이 지역어에서 움라우트는 '오〉우'의 변화보다 앞에 발생하였다고 하겠다.

(26b)의 예들에 대하여도 동일한 설명이 가능하다. 제시된 단어의 전 단계 어형은 각각 '뾰피-(〈뽑히-), 노피-(〈높이-), 조피-(〈좁히-), 옹기-(〈옮기-), 소기-(〈속이-), 노기-(〈녹이-), 보끼-(〈볶이-), 쪼끼-(〈쫓기-), 놓이-, 노려보-'이다. 이것들은 모두 同化主 '이'나 j 앞에 介在子音으로 양순음, 연구개음, 그리고 아주 드물게 顚舌音 'ㄹ'를 가지며 被同化主로서 '오'를 가진다. 그런데 (26b)가 被同化主 位置에 가지고 있는 前舌母音 '웨'는 전 단계 어형이 가진 同化主 '오'와 대립되는 것이 아니다. 그러나 그 사실은 (26b)의 예들이 피동화주 位置에 가지고 있는 '웨'는 원래 피동화주 '오'가 움라우트에 의하여 單母音 '외[ö]'로 된 뒤에 다시 二重母音化한 것으로 보아야 한다. 그러므로 (26b)의 예들도 움라우트를 겪은 것임을 알 수 있다.

3.8.1.4. 被同化主가 '우'인 경우

被同化主가 '우'인 경우, 그에 해당되는 명사는 잘 발견되지 않는다. 그 경우는 非語頭 位置에서 '오〉우'의 변화에 의한 '우'가 被同化主가 되는 것이 일반적이다. 그러나 이 지역어는 그러한 변화가 있기 전에 움라우트를 겪었으므로 被同化主가 '우'인 명사가 발견되지 않는 것이다. 다만 용언에서는 그런 예가 존재한다. (27)에 제시된 것들이 그에 해당된다.

(27) 뉘피–(使臥), (귀를) 휘비–, 귕기–(使餓)

이들 단어의 전 단계 어형은 각각 '누피–(〈눕히–), 후비–, 궁기–(〈굶기–)'이다. 이것들은 同化主 '이' 앞에 양순음이나 연구개음의 介在子音을 가지고 있으며 被同化主로서 後舌母音 '우'를 가지고 있다. 그런데 (27)의 예들은 전 단계 어형의 被同化主 '우'에 대하여 被同化主 位置에 二重母音 '위/wi/'를 가지고 있다. 이때의 二重母音 '위'는 이 지역어가 겪은 二重母音의 변화 '위/uj/〉위/ü/〉위/wi/'에 의한 것이다. 따라서 (27)의 예들이 被同化主 位置에서 가지고 있는 '위/wi/'는 전 단계 어형이 가졌던 被同化主 '우'가 움라우트를 겪은 것으로 보아야 한다. 그러므로 (27)의 예들은 움라우트를 겪은 것이며, 그들 예는 이 지역어에서 '우'가 움라우트의 被同化主가 되었음을 말해준다.

3.8.1.5. 被同化主가 '으'인 경우

이 지역어의 다른 後舌母音과는 달리, 피동화주 '으'가 움라우트를 겪은 예들은 많지 않다. 그것은 '으'가 피동화주로서의 성격이 약하기 때문이 아니라 그러한 환경을 가진 단어가 많지 않기 때문이다. 이 점을 염두에 두고 (28)에 제시된 예들에 대하여 논의하도록 하자.

(28) a. 다디미(砧), 기림(畫)
      b. 기리-(畫), 끼리-(使沸), 두디리-(敲),
         (바다)디리-(受), 니러티리-(使垂)

먼저 (28a)의 전 단계 어형은 각각 '다드미, 그림'이고 (28b)의 전 단계 어형은 각각 '그리-, 끄리-(〈끓이-), 두드리-, 드리-, 느러트리-'이다. 이들 단어는 동화주 '이' 앞에 양순음이나 齒舌音의 介在子音을 가지며 피동화주로서 '으'를 가지고 있다. 이 피동화주 '으'에 대하여 (28)의 예들은 피동화주는 '이'로의 대응을 보인다. 後舌母音 '으'에 대립되는 前舌母音은 '이'이므로, (28)의 예들은 모두 움라우트를 겪은 것이라 하겠다.

일반적으로 치경음 'ㄹ'이 介在子音이 되면 움라우트는 불가능하지만, 용언에서는 'ㄹ'이 움라우트의 介在子音이 될 수 있다는 것이 (28b)에서 다시 확인된다. 그런데 (28a)에서 '기림'은 명사로서 介在子音이 'ㄹ'인데도 움라우트를 보이므로, 예외적인 존재가 된다. 그러나 '기림'은 동사 '그리-'에서 파생된 것이므로 그것이 겪은 움라우트는 동사적 속성에 기인하는 것으로 설명될 수 있다. 이 점은 동사 '다리-(熨)'와 그로부터 파생된 명사 '다리미'가 모두 움라우트를 겪어 '대리-', '대리미'로 되어 있는 데에서도 알 수 있다.

3.8.2. 形態素 境界에서의 움라우트

　형태소 경계에서의 움라우트는 명사와 주격어미 '이'나 계사 '이' 그리고 용언 어간과 명사형 어미 '기'가 統合될 때에 일어나는 음운현상이다. 형태소 경계에서 명사는 다른 어미하고도 統合될 수 있거나 용언 어간은 다른 어미하고도 統合될 수 있으므로 이 경우의 움라우트는 공시적인 현상이 된다. 원칙적으로 공시적 음운현상은 이 硏究에서 논의 대상이 되지 않는다. 그럼에도 불구하고 이 문제를 여기서 취급하는 것은 이 지역어가 형태소 경계에서 보이는 움라우트가 通時的 현상으로 이해되어야 하기 때문이다. 명사와 주격어미 '이'가 統合되는 경우와 용언 어간과 명사형 어미 '기'가 統合되는 경우를 구분하여서 이 문제를 논하기로 하자.

3.8.2.1. 名詞와 主格語尾(繫辭 포함)가 統合되는 경우

　명사와 주격어미가 統合되는 경우의 음성형을 움라우트를 보이는 것과 그렇지 않은 것으로 구분하여 제시하면 (29)와 같다.[27]

---

27) 명사와 계사 '이-'가 통합되는 경우는 명사와 주격어미 '이'가 통합되는 경우와 일치하므로 자료를 따로 제시하지 않는다.

(29) a. 대미(담, 牆＋이), 배비(밥, 食＋이)

　　　애피/아피(앞, 前＋이), 베비(법, 法＋이)

　　b. 사라미(사람, 人＋이), 방이[paɲi](방, 房＋이)

　　　거비(겁, 怯＋이), 떠기(떡, 餠＋이), 모미(몸, 身長＋이),

　　　보기(복, 福＋이), 콩이[khoɲi](콩, 豆＋이),

　　　이르미(이름, 名＋이), 그미(금, 線＋이),

　　　구기(국, 湯＋이), 수미(숨, 息＋이),

　　　동풍이[tonphuɲi](동풍, 東風＋이)

(29a)의 음성형은 괄호 안의 기저형과 비교하면 움라우트를 겪은 것임을 알 수 있다. 왜냐하면 기저형에서 주격어미 '이'는 동화주가 될 수 있으며 語幹末子音인 양순음은 움라우트를 가능하게 하는 介在子音이고 그 앞의 後舌母音은 피동화주가 될 수 있기 때문이다. 그러나 자료들을 상호 관련지어 관찰하면, (29a)의 예들이 보이는 움라우트는 공시적 현상이 아님을 알게 된다. 이 사실은 동일 환경을 가지면서도 움라우트를 보이지 않은 (29b)의 예들에 의하여 입증된다.

(29b)의 음성형에 대한 기저형은 괄호 안에 있는 것이다. 각 음성형의 기저형을 보면, 주격어미 '이'는 동화주가 될 수 있으며 그 앞의 語幹末子音은 양순음이나 연구개음이므로 움라우트를 가능하게 하는 介在子音이 될 수 있다. 그리고 介在子音 앞의 母音은 모두 後舌母音이므로 움라우트의 피동화주가 될 수 있다. 그러므로 (29b)의 예들이 가진 움라우트 환경은 (29a)의 예들이 가진 움라우트 환경과 완전히 일치한다. 그럼에도 불구하고 (29b)의 예들은 움라우트를 보이지

않는다.

만일 (29a)의 예들이 겪은 움라우트가 공시적 규칙에 의한 것이라
면 동일한 환경을 가진 (29b)의 예들에도 그 규칙이 적용되어야 할
것이다. 그런데 (29a)와 동일한 환경을 가진 많은 단어들이 움라우트
를 보이지 않으므로, (29a)의 예들이 보이는 움라우트는 공시적 규칙
에 의한 것이라 할 수 없다. 따라서 (29a)의 예들이 보이는 움라우트
는 前時期에 화석화된 움라우트형이 공시적으로 주격어미와만 統
合되는 것이라고 보아야 한다. 그래야 (29a)와 (29b)의 예들이 코
여주는 차이가 합리적으로 설명될 수 있다.

3.8.2.2. 用言 語幹과 名詞形語尾 '기'가 統合되는 경우

용언 어간과 명사형 어미 '기'가 統合되는 경우의 음성형을 움라우트
를 보이는 것과 그렇지 않은 것으로 구분하여 제시하면 (30)과 같다.

(30) a. 뷔기(보, 見＋기), 쉑끼(속, 欺＋기)

    b. 하기(하, 爲＋기), 깍끼(깎, 削＋기), 먹끼(먹, 食＋기),
        벅끼(벗, 脫＋기), 서기(서, 立＋기), 오기(오, 來＋기),
        크기(크, 成長＋기)

먼저 (30a)의 음성형에 대한 괄호 안의 기저형을 보면, 명사형 어
미 '기'의 '이'는 움라우트의 동화주가 될 수 있으며 그 앞의 子音들은
연구개음이므로 움라우트를 가능하게 하는 介在子音이 될 수 있다.[28]
─────────────────────
28) 다만 '벗＋기'에서는 동사의 어간말 자음이 'ㅅ'이므로 움라우트를

그리고 그 앞의 母音은 모두 後舌母音이므로 움라우트의 피동화주가 될 수 있다. 다만 기저형의 피동화주 '오'에 대당하는 음성형이 가진 피동화주 位置의 '웨'는 '오'와 대립되는 前舌母音이 아니다. 그러나 이 지역어의 母音體系에서 '오'와 대립되는 前舌母音 '외/ö/'는 현재 二重母音 '웨'로 변하였으므로 기저형의 피동화주 '오'와 그에 대당하는 음성형의 '웨'의 관계는 움라우트에 의한 것임이 확실시된다.

그러므로 (30a)의 예들은 공시적인 움라우트를 겪은 것이라고 할 수 있다. 그러나 이들 예가 보이는 움라우트도 공시적 규칙에 의한 것임이 아님을 (30b)의 예들이 말해준다. (30b)의 예들이 보이는 음성형에 대한 괄호 안의 기저형의 음운론적 환경은 (30a)의 그것과 같이 움라우트가 가능한 환경이다. 그러나 그것들은 움라우트를 보이지 않는다. (30a)의 움라우트형이 공시적 규칙에 의한 것이라면 동일 환경을 가지고 있는 (30b)의 예들도 움라우트를 보여야 할 것이다. 이 점에서 (30a)의 움라우트형은 공시적 규칙에 의한 것이 아니라고 해야 한다. 그것들은 움라우트와는 다른 음운론적 機制에[29] 의한 것으로 보아야 한다.

3.8.3. 움라우트의 制約條件

여기서는 이 지역어에 존재하는 움라우트의 음운론적·형태론적 제

불가능하게 하는 것이다. 그러나 'ㅅ'은 음절말 자음중화와 자음동화에 의하여 'ㄱ'으로 되므로 그 결과는 움라우트를 가능하계 하는 개재자음이 된다.

29) 그 機制가 실제로 무엇인가는 현재 분명히 말할 수 없다.

약 조건들을 밝히는 것을 목적으로 한다. 특히 음운론적 제약 조건은 동화주와 介在子音에 관심을 한정시킬 것이다. 먼저 관심의 대상이 되는 것은 움라우트가 가능한 조건을 가지고 있으면서도 움라우트를 보이지 않는 (31)의 예들과 같은 단일 형태소이다. (31)의 예들은 모두 동화주로서 '이'를 가지고 있으며 介在子音으로 양순음이나 연구개음을 가지고 있다. 그리그 介在子音 앞에 모두 後舌母音을 가지고 있다. 그러므로 그들 後舌母音은 피동화주가 될 수 있다. 그럼에도 불구하고 (31)의 예들은 움라우트를 보이지 않는다. (31)의 예들이 움라우트를 보이지 않는 것은 거의 방언적 차이를 보이지 않는다.

(31) a. 나비(蝶), 거미(蜘蛛), 호미(鋤), 모기(蚊), 조기(石首魚),
　　　도끼(斧), 동이(盆), 종이(紙)
　　b. 사마기(痣), 까마기(烏), 당나기(驢), 바키(輪)

그 점에서 이것들은 움라우트에 예외적인 존재라고 할 수 있다. 그러나 움라우트의 공시성과 통시성을 고려하고 움라우트와 二重母音의 單母音化 사이의 관계를 고려하면, (31)의 예들이 움라우트를 보이지 않는 이유를 알 수 있다. 문헌자료에 의하면 (31)의 여들은 前時期에 어말음절 母音으로 二重母音을 가지고 있었다. 다시 말하면 (31a)의 후기 중세국어형은 각각 '나븨, 거믜, 호믜, 모기, 조긔, 동희, 종희〈죠희'였으며 (31b)의 후기 중세국어형은 각각 '사마괴, 가마괴, (당)라구, 바회'였다. 이들 예들이 어말음절에 가지고 있던 二重母音 '의'와 '외'는 근대국어 시기에 이르러 'ᄋ'의 첫 단계 변화와 非語頭 位置에서 일어난 '오〉우'의 변화에 의하여 각각 '의'와 '위'로 되고 이들 二重母音 중 '의'는 二重母音의 單母音化에 의하여 '이'로 되었다. 그리고 '위'는 어말 位置의 子音 뒤에서 '이'로 되었다.

그러므로 (31)의 예들은 움라우트가 발생한 뒤에 二重母音의 변화에 의하여 결과된 것이므로 움라우트와는 관계가 없는 것이다. 이 사실은 형태소 내부에서의 움라우트는 通時的 현상임을 말해주며 움라우트에서 동화주는 二重母音이 單母音化되기 이전에 '이'나 j이라야 함을 말해준다.

다음으로 관심의 대상이 되는 것은 움라우트의 介在子音에 대한 것이다. (32)의 예들을 통하여 이 문제에 대하여 논의하기로 하자.

(32) a. 가마니, 주머니(囊), 저녁(夕), 다리(脚), 머리(頭),
　　　오리(鴨), 각씨(姬), 도라지(梗), 버러지(蟲), 팔꿈치(肘)
　　 b. 아니 - (不), 꺼리 - (忌), 어리 - (幼), 저리 - (發麻),
　　　노리 - (凝視), 호리 - (耽), 도리 - (抉), 흐리 - (濁),
　　　쁘리 - (散), 브리 - (使), 추리 - (選), 꾸리 - (包裝),
　　　살리 - (使生), 말리 - (使乾), 걸리 - (使步),
　　　돌리 - (使廻), 다치 - (傷), 가치 - (被囚), 거치 - (被卷)

(32)의 예들은 동화주로서 '이'를 가지고 피동화주로서 後舌母音을 가지고 있다. 그리고 그들 예는 介在子音으로 치경음이나 경구개음을 가지고 있었으며 前時期에도 동화주로서 '이'를 가지고 있었다. 그러므로 (32)의 예들이 움라우트를 보이지 않는 원인은 介在子音 때문이라고 하지 않을 수 없다. 그들 예가 가지고 있는 介在子音인 치경

음이나 경구개음은 앞에서 움라우트를 겪은 예들이 가지고 있는 介在子音인 양순음이나 연구개음 또는 후음과 상보적 분포를 이루고 있다. 이 점에서도 (32)의 예들이 介在子音 때문에 움라우트를 겪지 않았다는 말은 설득력을 가진다.

다만 문제가 되는 것은 용언에서의 介在子音이다. 필자는 앞에서 용언의 경우에 'ㄹ'은 움라우트를 가능하게 하는 介在子音이 될 수 있었다고 서술한 바 있다. 그런데 (32b)에서 많은 예들이 움라우트를 외면하고 있다. 이 경우에 그들 예가 가지고 있는 피동화주는 '어, 구, 으, 오'이다. 'ㄹ'을 介在子音으로 가지고 있으면서도 움라우트를 겪은 (24e)의 예들이 모두 피동화주로서 '아'를 가지고 있는 것에 한정된다는 점을 고려하면, 이 지역어에서 介在子音이 'ㄹ'일 때 용언의 움라우트는 피동화주가 '아'에 한정된다는 제약이 필요할 것으로 생각된다. 이러한 조건을 가진 (32b)의 예에서 '살리-, 말리-' 등은 움라우트를 보이지 않는데, 이들 예로부터 용언에서 피동화주가 '아'라고 하더라도 介在子音으로 두 개의 'ㄹ'을 가지면 움라우트가 불가능하다는 제약을 추가할 수 있다.

끝으로 움라우트에 대한 형태론적 제약에 대하여 논하기로 하자. 通時的 현상으로서의 움라우트는 형태소 내부가 그 영역이 되는데, 이 경우에 논의의 대상이 되는 것은 부사파생접미사 '이'나 '히'에 의하여 파생된 부사이다. 앞에서 우리는 파생접미사 '-이'나 '-아/어지', '-앙/엉이' 등에 의하여 파생된 명사에서는 움라우트 환경만 충족되면 움라우트가 적용되었던 것을 알 수 있었다. 그런데 파생 부사의 경우에는 움라우트 환경이 충족되어도 움라우트가 적용되지 않았음을 (33)의 예르부터 알게 된다.

(33) 갑짜기, 짬짜미, 땀따미, 느지마기, 넝너키, 겹겨비, 촉초기,
    촘초미, 볼로기, 깊쑤기, 수부기, 텁수루기, 틈트미, 진드기

(33)의 예들은 표준어 '갑자기, 짬짬이, 땀땀이, 느지막이, 넉넉히,
겹겹이, 촉촉이, 촘촘히, 볼록이, 깊숙이, 수북이, 텁수룩이, 틈틈이, 진
득이'에 대한 이 지역어의 음성형이다. 모든 예들이 동화주로서 '이'를
가지고 있으며 介在子音으로 양순음이나 연구개음을 가지고 있다. 그
리고 피동화주로서 後舌母音을 가지고 있다. 이러한 조건은 움라우트
를 가능하게 하는 것이다. 그러나 어느 것 하나도 움라우트를 보이지
않는다. 이들이 움라우트를 보이지 않는 이유가 될 수 있는 것이라면,
그것들이 모두 부사라는 사실뿐이다. 따라서 '이'나 '히'에 의하여 파생
된 부사는 움라우트되지 않는다는 형태론적 제약을 가할 수 있다.
  지금까지 이 지역어가 겪은 움라우트에 대한 논의를 정리하면 다음
과 같다. 이 지역어의 움라우트는 (34)에 제시된 10母音體系에서 피
동화주인 後舌母音이 동화주인 '이'나 j가 가진 前舌性에 동화되어 그
에 해당되는 前舌母音으로 바뀌는 현상으로서 일종의 역행동화이다.

(34)

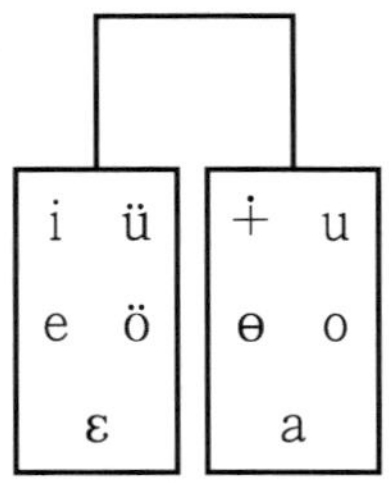

그리고 이 지역어에서의 움라우트는 형태소 내부에 한정되는 通時的 현상인바 움라우트는 二重母音이 單母音化되기 이전에 발생된 현상으로 당시의 동화주는 '이'나 j였고 피동화주는 後舌母音이었다. 그리고 움라우트를 가능하게 하는 介在子音은 양순음과 연구개음 그리고 후음에 한정되었으며, 치경음이나 경구개음은 움라우트를 불가능하게 하는 것이었다. 형태소 내부가 움라우트 가능한 영역이기는 하지만, 파생접미사 '이'나 '히'에 의하여 파생된 부사는 움라우트의 가능 영역에서 제외되는 것이었다.

3.9. 二重母音의 變化

이 지역어에서 二重母音이 겪은 변화는 單母音이 겪은 변화보다 더 다양하다. 특히 'ᄋᆞ'를 포함하는 7母音體系 시기 이후로 二重母音은 單母音化, 구개음화, 子音 뒤에서의 활음삭제, 축약 등 일련의 변화와 직접 · 간접으로 관련하여 변화되어 왔기 때문이다. 여기서는 'ᄋᆞ'를 포함하는 7母音體系 시기의 二重母音 '야/ja/, 여/je/, 요/jo/, 우/ju/; 와/wa/, 워/we/; 에/əj/, 애/aj/, ᄋᆡ/ʌj/, 외/oj/, 의/ɨj/, 위/uj/'이다. 그리고 근대국어 시기에 들어와서 발생된 二重母音의 單母音化에 의하여 三重母音 '웨/wej/, 왜/waj/, 예/jəj/, 얘/jaj/'에서 형성된 二重母音 '웨/we/, 왜/wɛ/, 예/je/, 얘/jɛ/'와 二重母音 '외/oj/, 위/uj/'가 單母音 '외/ö/, 위/ü/'로 된 다음에 二重母音化하여 형성된 二重母音 '웨/we/, 위/wi/'가 고찰의 대상이 된다.

3.9.1. 야/ja/

이 지역어에서 前時期의 二重母音 '야'는 그대로 지속되고 있지만,
일정한 음운론적 환경에서 j가 삭제됨으로써 '아'에 合流되기도 하였
다. '야'의 j 삭제는 無聲子音(喉音 제외)과 有聲子音 사이에서 일어
났다. 그러므로 語頭 位置, 喉音 뒤, 유성子音 뒤, 無聲子音과 母音
사이의 '야'는 그대로 지속되고 있지만, 無聲子音(喉音 제외)과 有聲
子音 사이에 있던 '야'는 j가 삭제됨으로써 '아'에 合流되었다.[30] 이
사실은 (35a)와 (35b)에서 확인된다.

> (35) a. 약(藥), 양(羊), 양식(糧食), 야터두(얕, 淺＋語頭),
>   향기(香氣), 향토(鄕土), 우량허-(＝優良하-),
>   모냥(樣), 승냉이(豺), 기냥(＝그냥), 칭냥(＝측량),
>   갸우뚱(＝갸우뚱)
>   b. 가름허-(＝갸름하-), 가날프-(＝갸날프-),
>   가륵커-(＝갸륵하-)

3.9.2. 여/jə/

이 지역어의 二重母音 중에서 '여'가 겪은 변화는 크게 세 가지로

---

30) 잠정적으로 '달걀(鷄卵)'은 이러한 조건에서 예외가 된다고 할 수
    있다. 왜냐하면 전체적으로 자음 뒤에 '야'를 가진 단어의 수가 많지
    않아서 '야'의 변화에 대한 정확한 조건을 말하기 어렵기 때문이다.

나눌 수 있다. (36)의 예들에서 확인할 수 있는 바와 같이, '여>어'와
'여>어', 그리고 '여>이으'가 그에 해당된다. 먼저 '여>에'의 변화는
주로 語頭 位置에서 일어났는데, 이 변화는 주로 고유어의 경우에
양순음 다음에서 '여'가 축약됨으로써 일어난 것으로 보인다.
(36b)의 예들이 그 사실을 말해준다고 하겠는데, '주로'라는 말을
쓰는 이유는 (36b)의 '별'과 '벼루'도 고유어이기 때문이다.[31]

(36) a. 엽(＝옆), 여섯(六), 여꾸리(＝옆구리) 여믈(馬草),

　　　여이-(＝여의-), 멱(＝미역, 洗身), 별(星), 벼루(硯),

　　　병(瓶), 벽(壁), 펴나니(＝편안히), 냄편(＝남편),

　　　쉥편(＝송편), 새명제(＝삼형제), 댑뺀(＝답변, 答辯),

　　　겨론(＝결혼), 결쩡(＝決定), 새경(＝사경, 私耕),

　　　쉐견(＝소견, 所見), 개렵-(＝가렵-), 매렵-(＝마렵-),

　　　달력(月曆), 저녁(夕), 음녁(陰曆), 염녀(念處),

　　　현재(現在), 현명(賢明), 혀미(＝혐의, 嫌疑)

　 b. 뺨(＝뺨), 뻬(＝뼈, 骨), 베락(＝벼락), 베룩＝벼룩),

　　　베슬(＝벼슬, 官), 베실(＝벼슬, 鷄冠), 메누리(＝며느리),

　　　멧(＝몇)

　 c. 저울(＝겨울, 冬), 정끼(＝경기, 驚氣), 젇(＝곁, 傍),

　　　저드랑(＝겨드랑), 적쇄(＝적쇠〈멱쇠), 접씨(＝접시〈덥시)

---

31) 양순음 뒤가 아님에도 불구하고 '여>에'의 변화를 보이는 단어로서
　　'등게(＝등겨)'를 들 수 있다. 이 지역어가 'ㄱ'구개음화를 강하게
　　경험했다는 점에서 '등게'의 '게'는 '겨>저'의 변화를 겪을 수 있었다.
　　그렇게 되면 '등저'로 듸어 있어야 할 것이다. 이 점에서 '등게'형은
　　이 지역어 본래 어형이 아니라고 할 수 있다.

정바기(= 정수리〈덩바기, 頂), 성제(= 형제, 兄弟)
d. 이을: (= 열, 十), 비응: (= 병, 病),
미으: 네(= 면회, 面會) 피은: 지(= 편지, 便紙),
이으: 자(= 여자, 女子), 비은: 덕(= 변덕, 變德),
소비: 은(= 소변, 小便), 이음: 통(= 염통),
이음: 녀(= 염려), 이음: 소(= 염소),
이을: 一(= 열一, 實)

다음으로 '여〉어'의 변화는 (36c)에서 찾을 수 있다. 이 지역어형과 그에 대당하는 표준어나 前時期의 어형을 관련지어 보면, 이 변화는 'ㄱ'구개음화나 'ㄷ'구개음화나 'ㅎ'구개음화에 의한 구개子音 뒤에서 '여'의 j가 삭제됨으로써 일어난 것이라 하겠다.[32]

끝으로 '여〉이으'의 변화는 '여'가 長母音인 경우에 한하여 일어난 변화로서 정확히 말하면, '여:/je:/〉이으: /jɨ:/'의 변화라 할 것이다. 이 변화에는 3.3.에서 '에:〉의:〉이:'의 변화에 대한 것과 동일한 설명이 적용된다. 다시 말하면, '여:〉이으:'는 長母音 '어:'가 高母音化 '으:'로 되는 변화에 의한 것이다.

그러므로 이 지역어에서 二重母音 '여'는 그대로 지속되는 것이 일반적이지만, 주로 고유어의 경우에 양순음 뒤에서 축약되어 '에'로 되거나 'ㄱ, ㄷ, ㅎ'구개음화 결과 구개子音 뒤에서 j가 삭제됨으로써

---

32) 이러한 구개음화에 의한 구개자음 뒤가 아닌데도 불구하고 자음 뒤에서 '여〉어'의 변화를 거친 예로서 '컬레(= 켤레)'를 들 수 있다. 이 단어와 같은 변화를 보이는 예가 더 이상 존재하지 않으므로, 이 단어가 이 지역어에 존재하였던 음운규칙에 의하여 변화된 것인가 하는 문제는 앞으로 구명될 필요가 있다.

'어'로 되는 변화를 겪었다. 그리고 특히 長母音 '여ː'는 長母音 '어ː' 의 高母音化에 의하여 므든 음운론적 환경에서 '이으ː /jɨː/'로 변화 되었다.

3.9.3. 요/jo/

二重母音 '요'는, (37a)에서 보듯이, 음절의 초성으로 子音을 가지 지 않는 경우에도 그대로 지속된다. 그러나 음절의 초성으로 子音이 있는 경우에는 그 子音의 음운론적 성격에 따라 '요>여'의 변화와 '요>오'의 변화를 겪었음을 확인할 수 있다.

(37) a. 욕(辱), 용(龍), 소용(所用), 용머리(地名), 사용(使用),

효도(孝道), 효엄(=효험, 效驗)

b. 겨장(=교장, 校長), 겨실(=교실, 敎室), 펴범(=표범,

겨통(=교통, 交通), 펴(=표, 票), 겨에(=교회, 敎會),

핵꾜(=학교, 學校), 브려(=불효, 不孝),

피려(=필요, 必要), 비려(=비료, 肥料),

사려(=사료, 飼料)

c. 소자(=효자, 孝子), 좋-(〈둏-, 好),

조리허-(〈됴리ᄒ-, 將息)

먼저 '요>여'의 변화는, (37b)가 보여주는 바와 같이, 'ㅎ'을 제외한 子音 뒤에서 일어났는데, 이 변화는 원순母音 '오'의 非圓脣母音化와

104

깊은 관계가 있는 것으로 보인다. 이 지역어가 일부의 단어에서 원순母音 '오'가 양순음 뒤에서 非圓脣母音化를 겪고, 원순母音 '우'가 양순음 뒤에서 전면적인 非圓脣母音化를 겪은 사실을 감안하면, 양순음을 포함하는 子音 뒤에서 일어난 非圓脣母音化는 양순음 뒤에서 일어난 非圓脣母音化와 유추된 변화라고 추측된다.

끝으로 '요>오'의 변화는 구개子音 뒤에서 일어난 변화이다.[33] 이것은 非口蓋子音이 구개음화에 의하여 구개子音으로 변함으로써 조음位置를 같이 하는 j가 삭제된 결과이다. (37c)의 예들이 그러한 사실을 말해준다.

따라서 이 지역어의 二重母音 '요'는 음절 초성에 子音을 가지지 않은 경우에는 그대로 지속되지만, 후음 'ㅎ'을 제외한 비구개子音 뒤에서는 '여'로 변하였고, 구개子音 뒤에서는 '오'로 변화였다.

---

33) (37c)의 '좋-'와 '조리허-'가 'ㄷ'구개음화에 의한 것임은 이 지역어와 현재 서북방언과의 비교에 의하여, 그리고 후기 중세국어 자료와의 비교에 의하여 입증된다. 이들 두 단어는 후기 중세국어 자료에는 각각 '둏-(용2)'와 '됴리ᄒᆞ(朴초-上39)'로 되어 있으며, 현재 서북방언에서 표준어 '좋-'는 '둏-'로 사용되고 있다(金履浹, 1981: 183). 잘 알려져 있는 바와 같이, 서북방언은 'ㄷ'구개음화를 겪지 않았다. 그러므로 현재의 '둏-'는 '둏-'에서 자음 뒤의 j가 탈락되는 변화를 겪은 것이며, 이 지역어의 '좋-'는 '둏-'의 'ㄷ'이 구개음화를 겪고 구개자음 뒤에서 j가 탈락되는 변화를 겪은 것이라고 함으로써 그들 간의 관계가 설명될 수 있다.

3.9.4. 유/ju/

二重母音 ‘유’는, (38a)에서 볼 수 있는 바와 같이, 일반적으로 그대로 지속되지만, 子音 뒤에서 선행 子音의 음운론적 특성에 따라 ‘유〉우’와 ‘유〉이’의 두 가지 변화를 겪은 것으로 생각된다.

(38) a. 웆(攪), 유자(柚), 유리(琉璃), 귤(橘), 병균(病菌),
　　　세규(= 석유, 石油), 종뉴(= 종류, 種類),
　　　일류(= 인류, 人類), 으뭉허 - (= 음흉하 - . 陰凶),
　　　훌늉허 - (= 훌륭하 -)
　　b. 숭(= 흉, 缺陷), 숭년(= 흉년, 凶年), 숭악(, = 흉악, 凶惡),
　　　후양(= 휴양, 休養), 후가(= 휴가, 休暇),
　　c. 기칙(= 규칙, 規則), 기율(= 규율, 規律),
　　　기정(= 규정, 規定), 기모(= 규모, 規模)

먼저 ‘유〉우’의 변화는, (38b)의 예에서 볼 수 있는 바, 이 변화는 구개子音 뒤에서 일어났다. 그것은 괄호 안의 표준어(이때의 표준어는 후기 중세국어 형과 일치한다)와 이 지역어와의 관계를 통하여 입증된다. 이 변화와는 달리 ‘유〉이’는 이 지역어가 가진 특수한 변화라고 할 수 있는데, (38c)의 예에서 보듯이, 漢字語의 語頭 位置에서 개음절인 경우에 ‘ㄱ’ 뒤에서 일어난 것이다.

그러므로 이 지역어의 二重母音 ‘유’는 그대로 지속되는 것이 일반적이지만, 구개子音 뒤에서는 ‘우’로 변하였으며, 漢字語의 語頭 位置에서 개음절인 경우에 ‘ㄱ’ 뒤에서 ‘이’로 변한 것이라 하겠다.

3.9.5. 와/wa/

二重母音 '와'는, (39a)에서와 같이, 음절 초성으로 子音을 가지지 않은 경우에는 그대로 지속되고 있으나, 子音 뒤에서는 w 脫落에 의하여 모두 '아'로 변하였다. (39b)가 그러한 사실을 말해준다.

(39) a. 왕(王), 완저니(=완전히)

　　 b. 간(=관, 冠), 가일(=과일, 果實), 가거(=과거, 科擧),
　　　　 강대(=광대, 廣大), 강솔(=관솔, 松明),
　　　　 가연(=과연, 果然), 강우리(=광우리),
　　　　 자우(=좌우, 左右), 할(=활, 弓), 하로(=화로, 火爐),
　　　　 항새(=황새), 항갑(=환갑, 還甲), 항소(=황소, 黃牛);
　　　　 모가(=모과, 木果), 사가(=사과, 謝過),
　　　　 저나(=전화, 電話), 마나(=만화, 漫畵),
　　　　 영아(=영화, 映畵), 봉숭아(=봉숭화)

3.9.6. 워/wə/

二重母音 '워'는 語頭 位置에서, (40a)에서 보듯이, 음절 초성으로 子音('ㅎ'은 제외)을 가지지 않은 경우에는 그대로 지속되고 있다. 그러나 (40c)에서 보듯이, 非語頭 位置에서는 w가 脫落되어 '어'로 변하였다. 그리고 語頭 位置에서 'ㄱ' 뒤에서는 축약에 의하여 '오'로 변하였다. (40b) 예들에서 그 사실을 확인할 수 있다.

(40) a. 원도막(＝원두막), 원수(怨讐), 원새이(＝원숭이),

　　　 월료(＝원료, 原料), 워너-(＝원하-, 願), 훠너-(＝훤하-),

　　 b. 꽁(＝꿩), 골리(＝권리, 權利), 대골(＝대궐),

　　　 곤토(＝권투), 곤(＝권, 卷), 고너-(＝권하-, 勸)

　　 c. 새멀(三月), 정얼(＝정월, 正月), 구얼(＝구월, 九月),

　　　 시어너-(＝시원하-), 이언(＝의원, 議員)

　　따라서 이 지역어에서 二重母音 ‘워’는 語頭 位置에서 ‘ㅎ’ 이오의 子音이 없는 경우에는 그대로 지속되고 있으나, 語頭 位置에서 연구개 子音 ‘ㄱ’ 뒤에서는 ‘오’로 축약되었다. 그리고 非語頭 位置에서는 ‘어’로 변하였다.

3.9.7. 에/əj/

　　二重母音 ‘에/əj/’는 單母音化 과정을 거쳐서 현재 單母音 ‘에/e/’로 존재한다. 이 二重母音 특히 核母音이 長母音인 것은 單母音化 前에 長母音 ‘어:’가 高母音化됨으로써 ‘의:’로 되고 그것이 다시 子音 뒤에서 ‘이:’로 변하였다. 이 사실은 3.3.(에:＞의:＞이:)에서 논의되었다. 그러나 核母音이 短母音으로서 單母音化된 ‘에’는 그대로 지속된다.[34]

―――――――――――――――――――――――――

34) 이에 대한 논의와 그 예는 3.3.을 참조.

3.9.8. 애/aj/

二重母音 '애/aj/'는 單母音化 과정을 거쳐 '애/ɛ/'로 변한 다음 '에 /e/'와 중화되어 현재 이 지역어에 /ɛ/로 존재한다. 이 二重母音은 單母音으로 변한 외에는 다른 변화를 겪지 않았다.

3.9.9. 의/ʌj/

二重母音 '의'이는 非語頭 位置에서는 'ᄋ'의 첫 단계 변화인 'ᄋ〉 으'에 의하여 二重母音 '의/ᅴj/'가 되었으며 語頭 位置에서는 '으' 의 둘째 단계 변화인 'ᄋ〉아'에 의하여 二重母音 '애/aj/'로 변하였 다. 이러한 변화에 대하여는 3.1.3.과 3.1.4.에서 논의한 바 있으므 로 여기서는 생략한다.[35]

3.9.10. 외/oj/

二重母音 '외/oj/'는 非語頭 位置에서 일반적으로 二重母音 '위 /uj/'로 변하였으며 語頭 位置에서는 單母音化에 의하여 '외/ö/'로 변 한 뒤에 다시 二重母音 '웨/we/'로 변하였다.[36] 이러한 변화는 (41a-c)에서 알 수 있다.

---

35) 이중모음 '의/ᅴj/'의 변화에 대하여는 3.9.11.을 참조.
36) 이중모음 '웨/we/'와 '위/uj/'의 변화에 대하여는 각각 3.9.13.과 3.9.12.를 참조.

(41) a. 웨삼춘(=외삼촌, 外三寸), 웬손(=왼손, 左手),

　　　 웨상(=외상, 外上), 웨토리(=외톨이), 웨럽-(=외롭-)

　　b. 훼초리(=회초리), 훼복(=회복, 回復), 횅제(=횡재, 橫材)

　　c. (허리를) 줴-(=죄-), (바람) 쒜-(=쇠-)

3.9.11. 의 /ㅡj/

일반적으로 현대국어에서 二重母音 '의/ㅡj'는 文語에만 존재할 뿐
口語에는 거의 존재하지 않는다.[37] 이 二重母音은 이 지역어에서 일
반적으로 子音 뒤에서 '이'로 변하였다. (42a)에서 그러한 사실을 알
수 있다. 그러나 음절 초성으로 子音을 가지지 않은 경우는 語頭 位
置와 非語頭 位置에서 각각 다른 변화를 겪었음을 (42b)와 (42c)에
서 볼 수 있다. 다시 말하면, 語頭 位置에서는 j가 脫落함으로써 '으'
로 변하였고 非語頭 位置에서는 核母音 '으'가 脫落함으로써 '이'로
변하였다. 그리고 속격어미 '의'도 '으'로 변하였는데 그것은 (42d)에
서 확인된다.

(42) a. 기러기(그려기, 雁), 기미(긔미, 幾), 긴빨(긧발, 旗幅),

　　　 키(킈, 長身), 띠(씌, 帶), 히망(=희망, 希望),

　　　 거미(거믜, 蜘蛛), 무니(=무늬), 기-(긔-, 匍匐),

---

37) 다만 충청남북도의 방언에는 아직도 이 이중모음이 口語에 존재하
　　는 것으로 알려져 있다. '의논[ㅡjnon], 무늬[munㅡj, 의자(椅子)
　　[ㅡjʤa'가 그러한 예가 된다(韓國精神文化研究院, 1987a: 239;
　　1990a: 278-79).

110

> 뎌디-(뎌듸-, 遲), 젼디-(견듸-, 忍),
>
> 히-(=희-〈히-, 白), 히미허-(=희미하-)
>
> b. 으사(의사, 醫師), 으논(의논, 議論), 으심(의심, 疑心),
>
> 으지허-(의지흐, 依支), 으저터-(=의젓하-)
>
> c. 주이(=주의, 注意), 고이(=고의, 故意), 예이(=예의, 禮儀)
>
> d. 나으 책(=나의 책), 나므 것(=남의 것)
>
> e. 나비(나비, 蝶), 호미 (호믜, 鋤), 모기(모긔, 蚊),
>
> 동이(동희, 盆), 종이(죵히〈죠히, 紙)

한편 (42e)의 예들은 前時期에 어말에 二重母音 '이'를 가지고 있었던 것인데, '♀'의 첫 단계 변화에 의하여 二重母音 '의/+j/'로 된 뒤에 다시 子音 뒤에서 核母音 '으'가 脫落함으로써 '이'로 된 것이다.

따라서 이 지역어에서 二重母音 '의'는 子音 뒤에서는 '이'로 변하였으며 음절 초성으로 子音을 가지지 않은 경우는, 語頭 位置에서는 '으'로, 非語頭 位置에서는 '이'로 변하였다. 그리고 속격어미 '의'는 '으'로 변하였다.

3.9.12. 위/uj/와 뒤/wi/

二重母音 '위'는 單母音化에 의하여 '위/ü/'로 되고 이 單母音이 다시 二重母音 '위/wi/'로 변하는 것이 일반적이었다. 그리하여 二重母音 '위/wi/'는, (43a)에서 알 수 있듯이, 음질 초성으로 子音을 가

지지 않은 경우에는 그대로 지속되고 있다. 그러나 子音 뒤에서는 w
가 脫落되어 ‘ㅇ’로 변하였다. (43b)의 예들이 그러한 사실을 말해준
다. 한편 (43c)의 예들은 前時期에 어말 位置에 二重母音 ‘외/oj/’를
가졌던 것인데, 非語頭 位置에서 ‘오’가 ‘우’로 되는 변화에 의하여 二
重母音 ‘위/uj/’로 된 뒤에, 앞에서 서술한 二重母音 ‘위/uj/’의 변화
과정을 거쳐 ‘ㅇ’로 된 것이다.

(43) a. 위장(僞裝), 의험(危險), 위문(慰問), 위독(危篤),
        시위(矢), 방위(方位), 위신(威信), 위태 – (危殆),
     b. 기(= 귀, 耳), 디(= 뒤, 後), 지(= 쥐, 鼠),
        시파리(= 쉬파리), 기신(= 귀신, 鬼神),
        치미(= 취미, 趣味), 히발류(= 휘발유, 揮發油),
        띠 – (= 뛰 –, 走), 시 – (= 쉬 –, 休), 티 – (= 튀 –),
        지 – (= 쥐 –, 把), (방귀) 끼 – (= 뀌 –),
        니이치 – (= 뉘우치 –), 히둘루 – (= 휘두르 –),
        할키 – (= 할퀴 –), 아십 – (= 아쉽 –),
        사기 – (= 사귀 –, 交際)
     c. 사마기(사마괴, 痣), 까마기(가마괴, 烏), 타이(바회, 岩)

    그러므로 이 ㅈ역어에서 二重母音 ‘위/uj/’는 單母音化를 거쳐 單
母音 ‘위/U/’로 되고 이것은 다시 二重母音 ‘위/wi/’로 되었다. 그리
고 二重母音 ‘위/wi/’는 음절 초성으로 子音을 가지지 않은 경우에는
그대로 지속되었으며, 子音 뒤에서는 ‘이’로 되었다.

3.9.13. 웨/wəj/와 웨/we/

이 지역어에서 三重母音 '웨/wəj/'는 二重母音의 單母音에 의하여 二重母音 '웨/we/'로 되었다. 그리고 二重母音 '외/oj/'는 單母音化에 의하여 單母音 '외/ö/'로 되고 이것은 다시 二重母音 '웨/we/'로 되었다(3.9.10. 외/oj/ 참조). 이렇게 서로 다른 과정을 거쳐서 이루어진 二重母音 '웨/we/'는 음절 초성으로 子音을 가지지 않은 경우에는 그대로 지속되며 'ㅎ' 이나 치경 마찰음 'ㅅ, ㅆ' 뒤에서는 부분적으로 지속된다. 그러나 일반적으로 'ㅎ' 이외의 子音 뒤에서는 w가 脫落되어 '에'로 변하였다.

> (44) a. 웨삼춘(＝외삼촌, 外三寸), 웬손(＝왼손, 左手),
>   웨상(＝외상, 外上), 웨토리(＝외톨이), 웨럽-(＝외롭-),
>   훼초리(＝회초리), 훼복(＝회복, 回復),
>   횡제(＝횡재, 橫財), (바람) 쒜-(＝쇠-)
>   b. 께미(＝꿰미), 게짝(궤, 匱), 헤방(＝훼방), 헤손(＝훼손)
>   c. 께꼬리(＝꾀꼬리, 黃鳥), 메(＝뫼, 山), 세(＝쇠, 鐵),
>   제(＝죄, 罪), 덴장(＝된장), 게물(＝괴물, 怪物),
>   (물이) 게-(＝괴-), 게럽-(＝괴롭-, 苦),
>   후에(＝후회, 後悔)

(44a)는 二重母音 '웨'가 그대로 지속되는 예들이고 (44b)와 (44c)는 w脫落과정을 거쳐 '에'로 된 예들이다. 그중에서 (44c)는 單母音

‘외/ö/’가 二重母音 ‘웨/we/’로 된 뒤에 다시 그 二重母音이 子音 뒤에서 ‘에’로 된 예들이다.

그러므로 이 지역어에서 二重母音 ‘웨’는 음절 초성으로 子音을 가지지 않은 경우에는 그대로 지속되고, ‘ㅎ’이나 ‘ㅅ, ㅆ’ 뒤에서는 일부 단어에서 그대로 지속된다. 그리고 일반적으로 子音 뒤에서는 ‘에’로 변하였다.

3.9.14. 왜/waj/와 왜/wɛ/

이 지역어에서 三重母音 ‘왜/waj/’는 二重母音의 單母音化에 의하여 二重母音 ‘왜/wɛ/’로 되었다. 二重母音 ‘왜/wɛ/’는 語頭 位置에서는 그대로 지속되고 있다. 그러나 子音 뒤에서는 w가 脫落됨으로써 ‘애’로 변하였다. (44a)와 (44b)가 그러한 사실을 알려준다.

(45) a. 왜국(倭國), 왜가리(=왜가리)

　　 b. 해떼(=횃대), 쌔기(=쐐기), 갱이(=괭이), 대지(=돼ㅈ),

　　　　 갠찬 -(=괜찮 -), 개씸허 -(=괘씸하 -),

　　　　 캐할허 -(=쾌활하 -)

3.9.15. 예/jəj/와 예/je/

이 지역어에서 三重母音 ‘예/jəj/’는 二重母音의 單母音化에 의하여 二重母音 ‘예/je/’로 변하였다. 그리고 二重母音 ‘예/je/’는 語頭 位置

114

에서는 그대로 지속되고 있으며 子音 뒤에서는 j가 脫落됨으로씨 '에'
로 변하였다. (46a)와 (46b)의 예를 통하여 그러한 사실을 알 수 있다.

(46) a. 예배당(禮拜堂), 예방주사(豫防注射), 예이(=예의, 禮儀),
　　　애물(禮物), 옌날(=옛날)
　　 b. 페(=폐, 肺), 페심(=폐습, 弊習), 계속(=계속, 繼續),
　　　게(=계,契), 혜택(=혜택, 惠澤), 게란(=계란, 鷄卵),
　　　차레(=차례, 茶禮), 은헤(=은혜, 恩惠), 핑게(=핑게, 辨明)

3.9.16. 얘/jaj/와 얘/jɛ/

이 지역어에서 三重母音 '얘/jaj/'는 二重母音의 單母音化에 의하
여 二重母音 '얘/jɛ/로 되었을 것이다. 그러나 二重母音 '얘/jɛ/'를 가
진 단어는 이 지역어에서 발견하기 어렵다.

지금까지의 논의된 二重母音의 변화를 정리하면 다음과 같다.
二重母音 '야'는 일반적으로 그대로 지속되지만, 무성子音('ㅎ' 제
외)과 유성子音 사이에서는 '아'로 변하였으며, '여'는 고유어인 경우
에 양순음 뒤에서 축약되어 '에'로 변하였고 구개子音 뒤에서는 '어'로
변하였다. 그리고 核母音 '어'가 長母音일 때는 高母音化에 의하여
'이으: /j┼:/'로 변하였으며 그 외의 환경에서는 그대로 지속되고 있
다. '요'는 語頭 位置에서는 그대로 지속되며 구개子音 뒤에서는 '오'
로 변하였다. 그리고 비구개子音('ㅎ' 제외) 뒤에서는 '여'로 변하였다.

또 ‘유’는 구개子音 뒤에서는 ‘우’로 변하였으며 漢字語의 경우 語頭
位置에서 ‘ㄱ’ 뒤에서 그 음절이 개음절일 때 ‘이’로 변하였다. 그 이
외의 환경에서는 그대로 지속된다.

한편 二重母音 ‘와’는 음절 초성으로 子音이 없는 경우에는 그대로
지속되고 子音 뒤에서는 ‘아’로 변하였다. ‘워’는 語頭 位置(‘ㅎ’ 포함)
에서는 그대로 지속되며 語頭 位置에서 ‘ㄱ’ 뒤에서는 ‘오’로, 非語頭
位置에서는 ‘어’로 변하였다. 二重母音 ‘에/əj/’는 核母音 ‘어’가 長母
音일 때 高母音化에 의하여 ‘의: /ɨ: j/’로 변한 뒤에 다시 子音 뒤
에서 ‘이:’로 변하였다. 그 외의 경우에는 單母音化하여 그대로 지속
된다. 二重母音 ‘애/aj/’드 單母音化하여 그대로 지속된다. 그리고 二
重母音 ‘이’는 語頭에서는 二重母音 ‘애/aj/’를 거쳐 다시 單母音 ‘대’
로 변하였으며 非語頭 位置에서는 二重母音 ‘의/ɨj/’로 변하였다. 二
重母音 ‘의/ɨj/’는 語頭 位置에서는 ‘으’로, 非語頭 位置에서는 ‘이’
로 변하였고 子音 뒤에서는 ‘이’로 변하였다.

그리고 二重母音 ‘외/oj/’는 語頭 位置에서는 單母音 ‘외/ö/’으로
변하였으며 다시 單母音의 二重母音化에 의하여 二重母音 ‘웨/wɛ/’
로 되었다. 그리고 非語頭 位置에서는 非語頭 位置의 ‘오’과 ‘우’로
되는 변화에 의하여 二重母音 ‘위/uj/’로 되었다. 二重母音 ‘위/uj/’는
單母音化에 의하여 單母音 ‘위/ü/’로 변하였으며 이 單母音은 다시
二重母音 ‘위/wi/’로 변하였다.

二重母音 ‘위/wi/’는 子音 뒤에서는 ‘이’로 변하였고 子音이 선행하
지 않은 경우에는 그대로 지속되고 있다. 二重母音 ‘위’(三重母音 ‘웨
/wəj/’에서 변한 二重母音 ‘웨’와 함께)는 子音 뒤에서는 ‘에’로 변하
였고, 子音이 선행하지 않을 때는 그대로 지속되고 있가. 다만 ‘ㅎ’ 콰

‘ㅅ, ㅆ’ 뒤에서는 부분적으로 ‘에’로 변하거나 그대로 지속된다.

끝으로 三重母音 ‘왜/waj/’와 ‘예/jəj/’에서 변한 二重母音 ‘왜/wɛ/’와 ‘예/je/’는 語頭 位置에서는 그대로 지속되며 子音 뒤에서는 각각 ‘애’와 ‘에’로 변하였다. 三重母音 ‘얘/jaj/’도 二重母音 ‘얘/jɛ/’로 변하였을 것으로 추측되지만, 그에 해당되는 예는 발견되지 않는다.

3.10. 口蓋音化

이 지역어도 근대국어 시기에 발생된 구개음화를 겪었다. 국어가 겪은 구개음화는 ‘ㄷ’계 구개음화가 일반적이며, ‘ㄱ’계 구개음화나 ‘ㅎ’ 구개음화는 남부방언이 겪은 것으로 알려져 있다. 그러나 이 지역어도 ‘ㄱ’계 구개음화와 ‘ㅎ’구개음화를 겪었다. 여기서는 이들 구개음화에 대하여 고찰하고자 한다.

3.10.1. ‘ㄷ’系 口蓋音化

이 지역어에 ‘ㄷ’계 구개음화가 있었다는 사실은 ‘ㄷ’구개음화를 겪지 않은 서북방언과의 비교에 의하여, 그리고 후기 중세국어 자료와의 비교에 의하여 입증된다. (47a)에서 이 지역어와 서북방언 그리고 후기 중세국어의 語頭 음절을 비교하면, 이 지역어의 ‘ㅈ’이나 ‘ㅉ’에 대하여 서북방언과 후기 중세국어는 ‘ㄷ’이나 ‘ㄸ’을 보여준다. 현대 서북방언은 그들 子音 뒤에서 二重母音이나 三重母音이 축약되거나 j

가 脫落함으로써 구개음화의 환경을 가지고 있지 않으나 후기 중세국
어는 그들 子音 뒤에 j나 '이'가 있다. 이 사실은 이 지역어의 여들
이 前時期에 'ㄷ'계 구거음화를 겪은 것임을 알려준다.

		이 지역어	서북방언	후기 중세국어
(47)	a.	져 (산)	데(산)	뎌(산)
		졉씨(=졉시)	뎝시	뎝시
		절(寺)	뎔	뎔
		제수(弟嫂)	뎨수	뎨수
		지일(第一)	뎨일	뎨일
		지자(弟子)	뎨자	뎨자
		좋－(好)	둏－	둏－
		준간(中間)	듕간	듕간
		준허－(重)	듕하	듕ㅎ－
		지내－(經)	디내－	디내－
		지키－(守)	디키－	디킈－
		쩌－(點)	띡－	딕－
		쩌－(蒸)	띠－	떠－
	b.	데치－(煠)	데우티－	데티－
		부치－(寄)	부티－	브티－

　그리고 (47b)는 非語頭 位置에서도 'ㄷ'계 구개음화를 이 지역어가
겪은 사실을 알려주다. 다시 말하면 이 지역어의 둘째 음절의 'ㅊ'은
서북방언과 후기 중세국어의 'ㄷ'에 대응된다. 서북방언이나 후기 중세
국어가 'ㅌ' 뒤에 '이'를 가지고 있는 것을 보면, 이 지역어의 'ㅊ'은
前時期에 'ㅌ'구개음화를 겪은 것임을 알게 된다.

118

(48) 디(뒤ㅎ, 後), 떠(띠, 帶), 티(틔, 瘢點), 워디(어듸, 何處),
    잔디(잔듸, 莎草), 느티나무(느틔나모, 黃槐樹),
    더디-(더듸-, 遲), 디디-(드듸-, 踏), 견디-(견듸-, 忍)
    므디-(므듸-, 鈍), 티-(뒤-, 跳), 띠-(뛰-, 走)

한편 (48)의 예들은 'ㄷ'계 구개음화가 일어날 수 있는 환경을
가지고 있지만, 구개음화를 보이지 않는다. 그들 예가 구개음화를
보이지 않는 이유로서 들 수 있는 것은, 괄호 안의 후기 중세국어
형과 비교할 때에, 이 지역어가 가진 'ㄷ'계 子音 뒤의 '이'가 前時
期의 二重母音에서 변화된 것이라는 점이다. 이 사실로부터 우리
는 'ㄷ'계 구개음화는 通時的 변화이며 이 변화는 二重母音의 單母
音化 이전에 발생한 것임을 알 수 있다. 따라서 二重母音의 單母
音化에 의하여 'ㄷ'계 구개음화가 일어날 수 있는 환경이 마련되어
도 그때는 이미 구개음화규칙은 존재하지 않으므로 구개음화가 될
수 없었다고 하겠다.
 이상의 논의 결과 우리는 다음과 같은 사실을 알 수 있다. 이 지역
어는 'ㄷ'계 구개음화를 겪었다. 이 변화는 '이'나 j 앞에 'ㄷ, ㄸ, ㅌ'이
있는 경우에 일어났는데, 이 변화는 형태소 내의 位置에 관계없이 일
어났다. 이 변화는 [-高音性]을 가진 'ㄷ, ㄸ, ㅌ'이 [+高音性]을
가진 '이'나 j에 동화된 것인바 일종의 역행동화로서 二重母音의 單母
音化보다 앞선 시기에 발생된 것이다.

3.10.2. 'ㄱ'系 口蓋音化

이 지역어가 겪은 'ㄱ'계 구개음화는 활발하다. 다른 지역어와 많이 다를 바 없으며 지극히 자연스러운 모습으로 실현되고 있다. (49a, b)에서 보는 바와 같이, 이 지역어형과 그에 해당되는 괄호 안의 후기 중세국어형과 비교하면, 이 지역어형이 前時期에 'ㄱ'계 구개음호를 겪은 사실을 알 수 있다. 후기 중세국어형에 의하면, 이 변화는 'ㄱ, ㄲ, ㅋ'이 '이'나 j 앞에 있을 때에 일어났다. 그런데 같은 조건을 가지고 있는 (49c)의 예들은 'ㄱ'계 구개음화를 보이지 않는다. 이 사실은 'ㄱ'계 구개음화가 語頭 位置에 한하여 일어났다는 것을 말해준다.

(49) a. 지둥(기둥, 柱), 지름(기름, 油), 지리(기릐, 長), 짐(김),
　　　　지침(기츰, 咳), 질(길, 路), 지피(기픠, 深),
　　　　저드랑(겨드랑, 腋), 저울/저욱(겨슬, 冬),
　　　　지집 (겨집, 女), 젵(곁, 傍), 치(키, 箕),
　　　　정끼(경기, 驚氣), 지우뚱(기우뚱), 저우(겨우),
　　　　찌리(끼리, 同類)

　　　b. 질 - (길 -, 長), 지대 - (기대 -, 依支),
　　　　지울 - (기울 -, 傾), 집 - (깁 -, 縫),
　　　　(안개)찌이 - (끠이 -), 찌 - (끠 -, 套),
　　　　저누 - (견호 -, 較), 젂 - (겪 -, 經驗),
　　　　전듸 - (견듸 -, 忍)

　　　c. 게기(고기, 肉), 깨끼 - (갓기 -, 使削), 메키 - (머키 -, 被食)

120

(50) a. 기슥(기슭, 簀), 기지게(기지게, 伸), 기미(기미, 痣),
　　　 키(키, 舵), 기쁘-(깃브-, 喜)

　　 b. 귤(귤, 橘), 결딴(결단, 決斷), 경엄(경험, 經驗),
　　　 게엑(계획, 計劃), 게속(계속, 繼續)

　　 c. 기미(긔미, 幾), 키(킈, 身長), 기러기(긔려기, 雁),
　　　 기걸(긔걸), 기(귀, 耳), 기뚜라미(귀돌와미),
　　　 기-(긔-, 匍匐)

그러나 이 지역어가 겪은 'ㄱ'계 구개음화의 문제가 위의 논의로
끝나는 것은 아니다. 그것은 (50)과 같은 예들이 존재하기 때문이
다. 먼저 (50a)의 예들은 이 지역어형이나 그에 해당되는 괄호 안
의 후기 중세국어형이나 'ㄱ'계 구개음화가 일어날 수 있는 조건을
갖추고 있다. 그러나 구개음화를 보이지 않는다. 이들 단어가 구개
음화를 겪은 뒤에 표준어의 영향으로 현재의 어형이 차용된 것으
로 생각되지만 앞으로 이 문제에 대한 구명이 있어야 할 것이다.

다음으로 (50b)의 이 지역어형과 괄호 안의 후기 중세국어형을 비
교하면, 그들 단어가 'ㄱ'계 구개음화를 겪을 수 있었다는 것을 알 수
있다. 그러나 그들 단어도 구개음화를 보이지 않는다. 이 사실은 원칙
적으로 漢字語는 'ㄱ'계 구개음화가 가능한 조건을 갖추고 있어도 그
변화에서 제외되었음을 알려준다.[38]

끝으로 (50c)의 예들은 또 다른 사실을 알려준다. (50c)에서 보게

---

[38] 漢字語 중에는 '정끼(경기, 驚氣)'와 같이 'ㄱ'계 구개음화를 겪은
　　 것도 있다. 이 경우의 漢字語는 고유어와 동일하게 話者들에게 認
　　 識되었기 때문인 것으로 보아야 할 것이다.

되는 이 지역어형은 'ㄱ'계 구개음화가 일어날 수 있는 조건을 갖추고 있지만, 실제로는 'ㄱ'계 구개음화를 보이지 않는다. 이 문제는 이 지역어에 해당되는 괄호 안의 후기 중세국어형과의 관계에서 설명될 수 있다. 다시 말하면 이 지역어가 가지고 있는 구개음화의 동화주인 '이'는 모두 前時期의 二重母音에서 변화된 것이라는 점이다. 이것은 'ㄱ'계 구개음화가 二重母音의 單母音化보다 먼저 발생된 通時的 현상임을 말해준다.

3.10.3. 'ㅎ' 口蓋音化

이 지역어는 'ㅎ'구개음화도 겪었다. (51)의 예들이 그 사실을 말해준다. (51)의 이 지역어형과 괄호 안의 후기 중세국어형을 비교하면, 이 변화는 語頭 位置에서 동화주인 '이'나 j 앞에 'ㅎ'이 있을 때에 일어난 것이라 하겠다.

(51) 심(힘, 力), 세(혀, 舌), 숭(흉, 缺點),
    세아리-(혜아리-, 算), 서까래(혁가래, 椽), 서캐(혀, 蟣),
    씨름(힐훔), 썰물(혈물, 引潮), 설마(현마), 성(형, 兄),
    숭년(흉년, 凶年), 상(향, 香), 소자(효자, 孝子)[39]

그러나 (52)의 예들은 'ㅎ'구개음화에 대하여 좀 더 논의되어야 할

---

39) '상(香)'과 '소자(孝子)'는 '향'과 '효자'로도 사용된다. 구개음화형은 노인층에서 사용되고 비구개음화형은 젊은층에서 사용된다. 그러므로 구개음화형이 이 지역어의 古形이라 하겠다.

122

문제가 있음을 알려준다. 먼저 (52a)의 예들은 원칙적으로 漢字語에
서는 'ㅎ'구개음화가 적용되지 않았음을 알려준다. 이러한 서술은 (51)
의 구개음화형 중에 漢字語가 있다는 점에서 설득력을 가질 수 없다
고 할 수 있다. 그렇지만 앞에서 취급한 'ㄱ'계 구개음화의 예에서도
대부분의 한자어가 구개음화에서 제외된 사실을 고려할 때, 'ㅎ'구개음
화에서도 그 사실이 인정될 수 있을 것이다. 따라서 (51)에서 구개
음화된 한자어는 고유어처럼 화자들에게 인식되는 것들이었다고
하겠다.

(52) a. 효도(孝道), 효엄(효험, 效驗), 후지(휴지, 休紙),
       현명(賢明), 현재(現在), 혀미(험의, 嫌疑)
     b. 히-(=희-〈히-, 白), 히미허-(=희미하-),
       히둘루-(=휘두르=〈휫두르-)

(52a)의 예들과는 달리, (52b)의 예들은 漢字語가 아니며, 'ㅎ'구개
음화의 조건을 갖추고 있지만 구개음화를 보이지 않는다. 그러나 이
지역어에 해당되는 괄호 안의 후기 중세국어형과 비교할 때에, 이 지
역어가 가진 동화주 '이'는 前時期의 二重母音에서 변화된 것임을 알
게 된다. 이 사실은 'ㅎ'구개음화는 二重母音의 單母音化보다 먼저 일
어난 通時的 변화임을 알려준다. 그러므로 'ㅎ'구개음화가 발생된 다
음 시기에 二重母音의 單母音化에 의하여 'ㅎ'구개음화가 가능한 환
경이 마련되어도 그때에는 'ㅎ'구개음화규칙이 존재하지 않으므로 구
개음화가 불가능하였기 때문에 (52b)와 같은 어형이 존재하게 된 것
으로 보아야 한다.

지금까지 논의된 이 지역어의 구개음화는 다음과 같이 정리된다. 이 지역어는 'ㄷ'계 구개음화는 물론 'ㄱ'계 구개음화와 'ㅎ'구개음화도 겪었다. 'ㄷ'계 구개음화는 동화주인 '이'와 j앞의 'ㄷ, ㄸ, ㅌ'이 'ㅈ, ㅉ, ㅊ'으로 되는 변화로서, 이 변화는 형태소 내의 位置에 관계없이 일어났다. 그리고 이 변화는 二重母音의 單母音化보다 앞선 시기에 일어났다. 이 사실은 二重母音의 單母音化에 의하여 구개음화가 가능한 환경이 마련되어도 구개음화를 보이지 않은 예들의 존재에 의하여 확인된다.

'ㄱ'계 구개음화와 'ㅎ'구개음화는 모두 語頭 位置에서 고유어에 한하여 일어났다. 'ㄱ'계 구개음화는 동화주 '이'나 j 앞에서 'ㄱ, ㄲ, ㅋ'이 각각 'ㅈ, ㅉ, ㅊ'으로 되는 변화이며, 'ㅎ'구개음화는 동화주 '이'나 j 앞에서 'ㅎ'이 'ㅅ'으로 되는 변화이다. 이들 변화도 二重母音의 單母音化 이전에 발생된 것이라 하겠는데, 그것은 二重母音의 單母音化에 의하여 이들 구개음화가 가능한 환경이 마련되어도 구개음화를 보이지 않은 예들의 존재에 의하여 뒷받침된다.

3.11. 語幹末子音의 變化

표준어 '밭(田)'과 '솥(鼎)'은 이 지역어를 포함하는 대부분의 중부방언에서 각각 '밧'과 '솟'으로 어간이 再構造化되어 있다. 그런데 중부방언과 서남방언의 일부 하위방언에서는 이들 단어가 주격과 대격 어미와 統合될 때에는 각각 '바치, 바츨'이나 '바시, 바슬', '소치, 소츨'

124

이나 '소시, 소슬'로 실현되고 처격어미와 統合될 때에는 각각 '바테'와 '소테'로 실현된다.[40) 또 그들 단어는 대부분의 동남방언에서는 '바치, 바를, 바테'와 '소치, 소틀, 소테'로 실현된다. 한편 이들 단어의 후기 중세국어형이 '밭'과 '솥'이라는 점을 감안하면, 이들 단어의 語幹末 子音이 점진적으로 변화를 겪어오고 있음을 알게 된다.

여기서는 먼저 이 지역어에서 일어난 치경음 'ㄷ, ㅌ'과 경구개음 'ㅈ, ㅊ'의 치경 마찰음화에 대하여 고찰하고자 한다. 현재 이 지역어는 前時期의 치경음과 경구개음이 모두 치경 마찰음으로 변하였으므로, 이들 변화를 밝히기 위하여 이 지역어에 해당되는 다른 방언형과 후기 중세국어형과의 비교가 행하여 질 것이다.

(53) a. 곳(곧, 處), 뜻(쁟, 意味), 갓(갇, 笠), 낫(낟, 鎌),
       못(몯, 釘), 벗(벋, 友), 붓(붇, 筆), 빗(빋, 債)
    b. 겻(곁, 傍), 끗(=끝〈귿, 末), 낫(낱/낯, 箇), 밋(밑, 本),
       밧(밭, 田), 볏(볕, 陽), 솟(솥, 鼎), 젓(=겉〈겉, 外)
    c. 낫(낮, 晝), 꼿(곶〈곶〈곶, 花), 옷(옻〈옻, 漆),
       낫(=낯, 面), 돗(=돛〈돇, 帆), 빗(빛, 光), 숫(슟, 炭),
       팟(풋ㄱ/퐃, 赤小豆)

먼저 (53a)에 제시된 이 지역어형은 모두 語幹末 子音으로 'ㅅ'을 가지고 있다. 그러나 그에 대한 괄호 안의 후기 중세국어형은 모두 語幹末子音으로 'ㄷ'을 가지고 있다. 그런데 동남방언에서 노년층 화자들의 말에서도 이들 단어가 語幹末 子音으로 'ㄷ'을 가지고 있음이

<hr>

40) 이들 예와 그에 대한 설명에 대하여는 崔明玉(198: 178-79)를 참조.

보고 된 바 있다(崔明玉, 1980: 144). 그러므로 語幹末 子音으로 'ㄷ'을 가지고 있는 것이 古形이며 이 지역어와 같이 'ㅅ'을 가지고 있는 것은 新形이라 하겠다. 이 사실은 명사의 語幹末 子音 'ㄷ'이 이 지역어에서 'ㅅ'으로 변하였음 말해준다.

다음으로 (53b)에 제시된 이 지역어형도 모두 語幹末 子音으로 'ㅅ'을 가지고 있다. 그리나 그에 해당되는 괄호 안의 후기 중세국어형은 일반적으로 'ㅌ'을 가지고 있으며, 표준어 '겉'에 대하여는 語幹末 子音 'ㅊ'을, 표준어 '낱'에 대하여는 語幹末 子音 'ㅌ'이나 'ㅊ'을 가지고 있다. 그런데 그들 단어에 대한 동남방언, 서남방언, 서북방언, 동북방언형은 語幹末子音으로 'ㅌ'을 가지고 있다.41) 그러므로 語幹末 子音으로 'ㅌ'을 가진 것이 古形이고 이 지역어와 같이 語幹末 子音으로 'ㅅ'을 가진 것이 新形이라 하겠다. 이 사실은 명사의 語幹末 子音 'ㅌ'이 이 지역어에서 'ㅅ'으로 변하였음을 말해준다.42)

끝으로 (53c)에 제시된 이 지역어형은 모두 語幹末 子音으로 'ㅅ'을 가지고 있다. 그러나 그에 해당되는 괄호 안의 후기 중세국어형은 일반적으로 경구개음 'ㅈ'이나 'ㅊ'을 가지고 있다. 이들 단어의 語幹

---

41) 동남방언과 서남방언은 韓國精神文化研究院(1989)와 (1987, 1991)을, 서북방언은 金履浹(1981)을, 그리고 동북방언은 金泰均(1986)을 참조.

42) 실제로 'ㅌ'이 'ㅅ'으로 변한 것으로 보기는 어렵다. 중부방언에서 명사의 어간말 자음 'ㄷ'이나 'ㅈ'이 'ㅅ'으로 변한 것이 18세기 中期頃이고 어간말 'ㅊ'이 'ㅅ'으로 변한 것이 19세기 후기이다(郭忠求, 1984). 이 점에서 보면, (53b)의 단어들은 그들 변화보다 전에 발생된 'ㄷ'계 구개음화형으로 어간의 재구조화가 일어난 뒤에 19세기 후기에 발생한 어간말 자음 'ㅊ'의 'ㅅ'化에 의한 것으로 보는 것이 타당하다. 이러한 변화의 추정과 설명에 대하여는 崔明玉(1993: 1623-24)를 참조.

126

末 子音은 현재 서남방언이나 중부방언에서는 대개 'ㅅ'으로 되어 있으며 동남방언에서는 대개 'ㅌ'으로 되어 있다.[43] 이것은 前時期의 語幹末 子音이 서남방언이나 중부방언에서는 'ㅅ'으로 변하고 동남방언에서는 'ㅌ'으로 변하였음을 말해준다. 이러한 변화는 후기 중세국어형이 가진 경구개음이 방언에 따라 달리 변화하였다고 할 때에 합리적으로 설명될 수 있다. 따라서 후기 중세국어형이 古形이고 그에 대한 이 지역어형 이 新形이라 하겠다. 이 사실은 (53c)에서 이 지역어가 가진 語幹末 子音 'ㅅ'은 前時期의 語幹末 子音 'ㅈ'이나 'ㅊ'에서 변한 것임을 알려준다.

이 지역어가 겪은 그 밖의 語幹末 子音의 변화로 들 수 있는 것은 (54)에 제시된 것들이다. 먼저 (54a)의 예들은 원래 語幹末 子音으로 유기음 'ㅍ'이나 'ㅋ'을 가지고 있던 것이다. 그러나 이 지역어에서는 주격어미 '이'와 統合되면 '헝거비, 아비, 여비, 이비, 지비, 부어기, 운너기'로 실현되어 그들 단어가 語幹末 子音으로 평음 'ㅂ'이나 'ㄱ'을 가지고 있음을 알려준다. 이것은 이 지역어에서 前時期의 語幹末 子音 'ㅍ'이나 'ㅋ'이 음절말 中和形 즉 '헝겁, 압, 부억' 등이 가진 語幹末 子音으로 변화되었음을 말해준다.

(54) a. 헝겁(=헝겊), 압(=앞〈앒, 前), 엽(=옆〈녑, 側),

　　　 입(=잎〈닢, 葉), 집(=짚〈닢, 藁), 부억(=부엌),

　　　 운녁(=웃녘)

　　b. 목(=몫〈목), 삭(삯, 賃), 넉(넋, 魂), 갑(값, 價), 돌(돐, 期)

---

43) '낮(晝)'의 어간말 자음은 변하지 않았다. 동남방언에 대하여는 韓國精神文化研究院(1989)을 참조.

　　c. 닥(돍, 鷄), 흑(=흙〈흙, 土), 칙(=칡〈츩, 葛),

　　　두둑(두듥, 坡), 까닥(까닭, 理由)

　　(54a)의 예들과는 달리, (54b)의 예들은 前時期에 語幹末 子音으로 'ㄳ'이나 'ㅄ'이나 'ㄼ'을 가지고 있었던 것이다. 그러나 이 지역어에서는 語幹末 子音群 중 'ㅅ'이 脫落된 形이 사용된다. 이것은 이들 단어가 주격어미 '이'와 統合되어 각각 '모기, 사기, 너기, 가비, 도리'로 실현되는 데에서 확인된다. 그러므로 이 지역어에서 명사의 語幹末 子音群 'ㄳ, ㅄ, ㄼ'은 'ㅅ'이 脫落되는 변화를 겪었음을 알 수 있다.

　　끝으로 (54c)의 예들은 前時期에 語幹末 子音群 'ㄺ'을 가지고 있었지만 이 지역어에서는 'ㄱ'을 가진 것으로 사용된다. 그 사실은 그들 단어가 주격어미 '이'와 統合되면 각각 '다기, 흐기, 치기, 두두기, 까다기'로 실현되는 데에서 확인된다. 그러므로 이 지역어에서는 명사의 語幹末 子音群 'ㄺ'은 'ㄹ'이 脫落되는 변화를 겪었음을 알 수 있다.

　　지금까지 이 지역어가 겪은 명사의 語幹末 子音의 변화에 대한 논의를 정리하면 다음과 같다. 전반적으로 이 지역어가 가진 명사의 語幹末 子音은 弱化되는 방향으로 변화되었다. 그리하여 語幹末 치경음(ㄷ, ㅌ)과 경구개음(ㅈ, ㅊ)은 마찰음(ㅅ)으로 변하였고, 語幹末의 유기음(ㅍ, ㅋ)은 그에 대한 平音(ㅂ, ㄱ)으로 변하였다. 그리고 語幹末 子音群(ㄳ, ㅄ, ㄼ)은 'ㅅ'이 脫落되는 쪽으로 변하였으며, 語幹末 子音群(ㄺ)은 'ㄹ'이 脫落되는 쪽으로 변하였다.

Ⅳ. 結　論

　　지금까지 筆者는 중부방언의 下位方言인 경기도의 大阜島 지역어를 대상으로, 이 언어가 겪은 通時的 音韻變化에 대하여 고찰하였다. 언어사 연구에서 문제가 되는 것은 前時期의 언어 현상을 충분히 관찰할 수 있는 資料이다. 이 점에서 우리는 國語史 硏究를 만족하게 할 수 있는 충분한 資料를 가지고 있지 못하다. 이러한 부족을 보충할 수 있는 한 가지 방안은 方言을 통한 國語史의 再構成이다. 방언을 대상으로 그 방언에 대한 각 시대의 언어 실태를 알 수는 없으나 형태소 내부에 남아 있는 변화의 결과를 정밀하게 분석하고 서로 다른 변화들을 관계 속에서 고찰한다면, 각 변화의 相對的發生順序를 밝힐 수 있다. 이것이 筆者가 大阜島 지역어에 대한 通時音韻論的 硏究를 하게 된 이유이다.

　　이 연구를 행함에 있어서 筆者는 현대의 尖端理論이라 할 수 있는 自立分節 音韻論(autosegmental phonology)이나 語彙 音韻論(lexical phonology)과 같은 理論을 바탕으로 삼으려 하지 않았다. 現地調査를 통하여 蒐集된 충분한 言語資料를 바탕으로 그 자료들을 精密하게 分析하고 觀察하면서, 자료들이 말해주는 사실을 충실하게 記述하고자 하였다. 그리면서도 단순히 언어 현상에 대한 記述에간 머무르지 않고 현상의 밑바닥에 있는 實在의 把握과 함께 그 實在게 적용되어 현상을 導出시키는 規則을 발견하는 데까지 관심의 범위를 넓히고자 하였다. 그리하여 다음과 같은 이 지역어의 通時的 變化 事

實들을 究明할 수 있었다.

먼저 II章 중 '2.1. 子音體系의 再構와 變化'에서는 이 지역어의 자음체계가 다음과 같은 세 차례의 변화를 경험하였음을 論하였다. 李基文(1972b)에 설정된 國語史의 時代區分에 따르면, 이 지역어는 후기 중세국어 시기에는 현대의 子音體系에서 경구개 경음 'ㅉ'과 후두 폐쇄음 'ㆆ'을 제외한 것에 후두 경음 'ㆅ'과 유성 마찰음 'ㅸ' 및 'ㅿ'을 가진 21 子音體系를 가지고 있었다. 그리고 전기 근대국어 시기에는 유성 마찰음이 소멸함으로써 이 지역어는 현재의 子音體系에 'ㆅ'을 더한 21 子音體系를 가지고 있었으며 후기 근대국어 시기에 이르러는 'ㆅ'이 'ㅋ'에 合流함으로써 현재와 같은 20 子音體系를 가지게 되었다((6)의 子音體系 변화 참조).

'2.2. 母音體系의 再構와 變化' 중 '2.2.1. 單母音體系의 再構와 變化'에서는 이 지역어의 單母音體系가 다음 두 차례에 걸쳐 변화되었음을 論하였다. 처음은 'ᄋ'가 음소로 존재하던 7母音體系에서(8a) 'ᄋ'가 소멸되고 j 下向 二重母音의 單母音化로 형성된 10母音體系로의 변화이며(8b), 다음은 10母音體系에서 單母音 '위[ü], 외[ö]'가 각각 w계 二重母音 '위[wi], 웨[we]'로 변하고 '에'의 일부가 '이'로 변한 뒤에 '에'와 '애'가 중화됨으로써 일어난 현재의 7母音體系로의 변화가 그것이다.

그리고 '2.2.2. 二重母音體系의 再構와 變化'에서는 이 지역어의 이중 모음체계가 두 차례에 걸쳐 변화하였음을 論하였다. 즉 'ᄋ'의 소실 이전의 이중모음체계((10a))에서 'ᄋ'의 소실과 二重母音의 單母音化 이후에 일어난 것이 그 첫 번째 二重母音體系의 변화이고((10b)) 單母音 '위/ü/, 외/ö/'의 二重母音化와 '에, 애'의 중화 이후에 일어난 것이 그 두 번째 二重母音體系의 변화이다((10c)). 이러한 二重母音體系의 변화는 單母音體系의 변화와 결부되는 것인데, 첫 번째 二重母音體系의 변화 시기는 李基文(1972b)에서 언급되고 있는 國語史의 시기구분인 근대국어 시기에 해당되고 두 번째의 二重母音 體系의 변화 시기는 현대국어 시기에 해당된다.

　'Ⅲ. 音韻 變化'에서는 '3.1. 'ᄋ'의 變化', '3.2. 어ː〉으ː' 등을 포함 하여 모두 11개의 音韻變化와 音韻現象에 대하여 論하였다. 이 지역 어에서 'ᄋ'는 旣存의 연구에서 밝혀진 바와 동일하게 비어두 위치에 서는 '으'로, 어두 위치에서는 '아'로 변하였으며, 長母音 '어ː'는 高母 音化에 의하여 '으ː'로 변하였고 이 변화와 관련하여 核母音으로 長 母音 '어ː'를 가진 이중모음 '에/ə:j/'는 '의ː/ɨ: j/'를 거쳐 '이ː'로 변하였음을 알 수 있었다. 그리고 경구음이나 치경 마찰음 뒤의 '으'는 일반적으로 '이'로 변하였고 비어두 위치의 '오'는 일반적으로 '우'로 변하였음도 알 수 있었다.

　이 지역어도 대부분의 국어 방언들이 겪은 圓脣母音化 즉 양순음 아래의 '으'가 '우'로 되는 변화를 겪었으며, 그 수가 그리 많지는 않지 만, 非圓脣母音化도 겪었음을 알 수 있었다. 그런데 이 지역어에는 양순음 아래의 '우'가 그에 대립하는 후설 비원순 高母音 '으'로 되는 새로운 非圓脣母音化를 겪었다. 이 새로운 변화는 양순음 아래의 '드' 가 '우'로 되는 圓脣母音化와 양순음 아래의 '오'가 '어'로 되는 非圓 脣母音化보다 뒤에 발생한 변화였다.

　한편 'ᄋ'의 소실과 비어두 위치에서 '오〉우'의 변화가 일어나기 전에 는 이 지역어의 형태소 내부에서 모음조화가 엄격히 유지되고 있었다. 그리고 이 지역어에서 움라우트는 (34)에 제시된 10母音體系에서

132

피동화주인 後舌母音이 동화주인 '이'나 j가 가진 前舌性에 동화되어 그에 해당되는 前舌母音으로 바뀌는 현상이었다. 움라우트가 가능한 영역은 형태소 내부에 한정되었으며 이것은 通時的 현상으로서 二重母音이 單母音化되기 이전에 발생되었다. 물론 움라우트의 동화주는 '이'나 j였고 피동화주는 後舌母音이었다. 그리고 움라우트를 가능하계 하는 介在子音은 양순음과 연구개음 그리고 후음에 한정되었다. 형태소 내부가 움라우트 가능한 영역이기는 하였지만, 파생접미사 '이'나 '히'에 의하여 파생된 부사는 움라우트의 가능영역에서 제외되는 것이었다.

二重母音은 단순화되는 방향으로 변화하였다. 그리하여 二重母音 '야'는 일반적으로 그대로 지속되지만, 無聲子音('ㅎ' 제외)과 有聲子音 사이에서는 '아'로 변하였으며, '여'는 고유어인 경우에 양순음 뒤에서 축약되어 '에'로 변하였고 口蓋子音 뒤에서는 '어'로 변하였다. 그리고 核母音 '어'가 長母音일 때는 高母音化에 의하여 '이으: /j+ː/'로 변하였으며 그 외의 환경에서는 그대로 지속되고 있다. '요'는 語頭 位置에서는 그대로 지속되며 口蓋子音 뒤에서는 '오'로 변하였다. 그리고 非口蓋子音('ㅎ' 제외) 뒤에서는 '여'로 변하였다. 또 '유'는 口蓋子音 뒤에서는 '우'로 변하였으며 漢字語의 경우 語頭 位置에서 'ㄱ' 뒤에서 그 음절이 개음절일 때 '이'로 변하였다. 그 이외의 환경에서는 그대로 지속된다.

한편 二重母音 '와'는 음질 초성으로 子音이 없는 경우에는 그대로 지속되고 子音 뒤에서는 '아'로 변하였다. '워'는 語頭 位置('ㅎ' 포함)에서는 그대로 지속되며 語頭 位置에서 'ㄱ' 뒤에서는 '오'로, 非語頭 位置에서는 '어'로 변하였다. 二重母音 '에/ₔj/'는 核母音 '어'가 長母

音일 때 高母音化에 의하여 '의ː/ㅓːj/'로 변한 뒤에 다시 子音 뒤에서 '이ː'로 변하였다. 그 외의 경우에는 單母音化하여 그대로 지속된다. 二重母音 '애/aj/'도 單母音化하여 그대로 지속된다. 그리고 二重母音 '익'는 語頭에서는 二重母音 '애/aj/'를 거쳐 다시 單母音 '애'로 변하였으며 非語頭 位置에서는 二重母音 '의/ㅓj/'로 변하였다. 二重母音 '의/ㅓj/'는 語頭 位置에서는 '으'로, 非語頭 位置에서는 '이'로 변하였고 子音 뒤에서는 '이'로 변하였다.

그리고 二重母音 '외/oj/'는 語頭 位置에서는 單母音 '외/ö/'으로 변하였으며 다시 單母音의 二重母音化에 의하여 二重母音 '웨/we/'로 되었다. 그리고 非語頭 位置에서는 非語頭 位置의 '오'가 '우'로 되는 변화에 의하여 二重母音 '위/uj/'로 되었다. 二重母音 '위/uj/'는 單母音化에 의하여 單母音 '위/ü/'로 변하였으며 이 單母音은 다시 二重母音 '위/wi/'로 변하였다.

二重母音 '위/wi/'는 子音 뒤에서는 '이'로 변하였고 子音이 선행하지 않은 경우에는 그대로 지속되고 있다. 二重母音 '웨'(三重母音 '웨/wəj/'에서 변한 二重母音 '웨'와 함께)는 子音 뒤에서는 '에'로 변하였고, 子音이 선행하지 않을 때는 그대로 지속되고 있다. 다만 'ㅎ'과 'ㅅ, ㅆ' 뒤에서는 부분적으로 '에'로 변하거나 그대로 지속된다.

이 지역어는 'ㄷ'계 구가음화는 물론 'ㄱ'계 구개음화와 'ㅎ'구개음화도 겪었다. 'ㄷ'계 구개음화는 동화주인 '이'와 j 앞에 'ㄷ, ㄸ, ㅌ'이 있는 경우에 형태소 내의 位置에 관계없이 일어났다. 그리고 이 변화는 二重母音의 單母音化보다 앞선 시기에 일어났다. 이 사실은 二重母音의 單母音化에 의하여 구개음화가 가능한 환경이 마련되어도 구개음화를 보이지 않은 예들의 존재에 의하여 확인된다.

‘ㄱ’계 구개음화와 ‘ㅎ’구개음화는 모두 語頭 位置에서 고유어에 한하여 일어났다. ‘ㄱ’계나 ‘ㅎ’구개음화는 동화주 ‘이’나 j 앞에서 ‘ㄱ, ㄲ, ㅋ’이나 ‘ㅎ’이 있을 때에 일어났다. 이들 변화도 二重母音의 單母音化 이전에 발생된 것이라 하겠는데, 그것은 二重母音의 單母音化에 의하여 이들 구개음화가 가능한 환경이 마련되어도 구개음화를 보이지 않은 예들의 존재에 의하여 뒷받침된다. 끝으로 이 지역어가 겪은 명사의 語幹末 子音은 弱化되는 방향으로 변화되었다. 그리하여 語幹末 치경음(ㄷ, ㅌ)과 경구개음(ㅈ, ㅊ)은 마찰음(ㅅ)으로 변하였고, 語幹末의 유기음(ㅍ, ㅋ)은 그에 대한 平音(ㅂ, ㄱ)으로 변하였다. 그리고 語幹末 子音群(ㄳ, ㅄ, ㄽ)은 ‘ㅅ’이 脫落되는 쪽으로 변하였으며, 語幹末 子音群(ㄺ)은 ‘ㄹ’이 脫落되는 쪽으로 변하였다.

이상과 같은 이 지역어의 음운론적 변화 중에서 어느 것이 이 지역어의 특징적인 것이고 어느 것이 중부방언이 겪은 공통적인 것인가를 구별하여 말하기는 어렵다. 앞에서도 서술한 바와 같이, 아직 중부방언의 여러 下位方言에 대한 이와 같은 通時音韻論的 硏究가 이루어진 것이 없기 때문이다. 앞으로 중부방언의 下位方言들에 대한 이러한 연구가 蓄積되어 중부방언의 通時音韻論이 확립되고 나아가서 실질적인 국어의 通時音韻論이 논의될 수 있기를 바란다.

參考文獻

郭忠求(1984), "體言語幹末 舌端子音의 摩擦音化에 대하여," 국어국
문학91.

國語方言學會(1985), 國語方言學, 螢雪出版社.

金公七(1988), 方言學, 新雅社.

金手坤, 金泳喆(1978), "形態素의 基底音韻表示 制約條件들에 對한 고
찰," 어학(전북대)5.

金英培(1984), 平安方言 研究, 동국대학교 출판부.

金英培(1986), "북한방언의 연구에 대하여," 국어생활. 5(여름), 국
어연구소.

金英培 편(1992), 남북한의 방언 연구, 경운출판사.

金完鎭(1963), "國語 母音體系의 新考察," 震檀學報 24.

金完鎭(1964), "中世國語 二重母音의 音韻論的 解析에 對하여," 學術
院 論文集(人文, 社會)4.

金完鎭(1967), "韓國語發達史 上(音韻史)," 韓國文化史大系(言語・文
學史)V.

金完鎭(1971a), "音韻現象과 形態論的 制約," 學術院 論文集(人文, 社
會)10.

金完鎭(1971b), 國語音韻體系의 研究, 一潮閣.

金完鎭(1972a), "다시 β>w를 찾아서," 語學研究 8-1.

金完鎭(1972b), "形態論的 懸案의 音韻調和에 대한 反省," 語學研
究 14-2.

金完鎭(1979), "方言硏究의 意識," 方言(韓國精神文化硏究員)1.

金雁浹(1981), 平北方言辭典, 韓國精神文化硏究院.

金鎭宇(1976), "韓國音韻論에 있어서의 母音音長의 機能," 語文硏究 (忠南大)9.

金泰均 (1986), 咸北方言辭典, 京畿大 出版局.

金亨奎(1974), "韓國方言硏究," 서울大 出版社.

南廣祐(1962), "ㅸ △論攷" 國語學 論文集, 一宇社.

都守熙(1987), "충청도 방언의 특징과 그 연구," 국어연구 9(여름), 국어연구소.

리윤규, 심희섭, 안운 편(1992), 조선어방언사전, 연변인민출판사.

朴昌遠(1983), "固城地域語의 母音史에 대하여," 國語硏究 54.

劉昌惇(1964), 李朝國語史硏究, 宣明文化史.

劉昌惇(1971), 李朝語辭典(再版), 延世大 出版部.

이광호(1978), "경남방언의 二重母音에 대하여," 國語學 6.

李敦柱(1978), "전남방언의 특징과 그 연구," 국어연구 8(봄),국어연구소.

李東華(1984), "안동지역어의 음운변화와 삭제," 영남대 대학원(석사).

李基文(1968), "母音調和와 母音體系," 李崇寧博士 頌壽紀念論叢, 乙酉文化社.

李基文(1972a), 國語音韻史硏究, 國語文化硏究叢書 13.

李基文(1972b), 改訂 國語史 槪說, 民衆書館.

李基文(1979), 中世國語 母音論의 現狀과 課題, 東洋學 9.

이병건(1976), 현대 한국어의 음운론, 일지사.

李秉根(1969), "京畿地域語의 形態音韻에 대하여," 국어국문학 46.

李秉根(1970a), "京畿地域語의 母音體系와 非圓脣母音化," 東亞文化(서울大)9.

李秉根(1970b), "19世紀 後期 國語의 母音體系," 學術院 論文集(人文, 社會)9.

李秉根(1971), "雲峯 地域語의 움라우트 現象," 金亨奎 博士 頌壽紀念 論叢.

李秉根(1975), "音韻規則과 非音韻論的 制約," 國語學 3.

李秉根(1977), "子音同化의 制約과 方向," 國語國文學論文集(李崇寧 先生 古稀紀念), 塔出版社.

李秉根(1978), "國語의 長母音化와 報償性," 國語學 6.

李秉根(1979), "國語方言研究의 흐름과 反省," 方言(韓國精神文化研究員)1.

李秉根(1988), "京畿道 方言의 研究와 特徵," 국어연구 12(봄), 국어연구소.

李崇寧(1947), "母音調和 研究," 震檀學報 16.

李崇寧(1949), "'애, 에, 의'의 음가 변이론," 한글 통권 106.

李崇寧(1954a), "脣音攷 -특히 脣經音「ᄫ」을 中心으로 하여-," 音韻論研究(再版), 民衆書館.

李崇寧(1954b), 國語音韻論研究 '·'音攷, 乙酉文化社.

李崇寧(1956/1960), "△音攷," 國語學論攷, 東洋出版社.

李崇寧(1957), "濟州道方言의 現代論的 研究," 東方學誌 3.

李崇寧(1959), "'·'音考再論," 學術院論文集(人文·社會) 1.

李丞宰(1987), "全北方言의 研究와 特徵에 대하여," 국어생활 8.

李翊燮(1972), "國語方言研究史," 國語國文學 58-60.

李翊燮(1979), "方言資料의 蒐集方法," 方言 1.

李翊燮(1984), 方言學, 民音社.

李翊燮(1987), "강원도 방언의 특징과 그 연구," 국어연구 10(가을), 국어연구소.

全哲雄(1970), "忠北 北部 方言 硏究," 改新語文學 7.

陳泰夏(1963), "韓國語 接尾辭에 關한 硏究," 韓國國語敎育學會.

崔明玉(1978), "ㅸ, △와 東南方言," 語學硏究14-2.

李翊燮(1979), "東海岸方言의 音韻論的硏究 -慶北 盈德郡 寧海面 漁村을 중심으로-," 方言 2.

李翊燮(1980a), 慶北 東海岸方言硏究 -盈德郡 寧海面을 中心으로- (民族文化叢書4), 嶺南大出版部.

李翊燮(1980b), "慶北 月城方言의 音韻變化에 대하여," 新羅伽倻文化 (嶺南大)11.

李翊燮(1982a), 慶北 月城地域語의 音韻論, 嶺南大學校 出版部.

李翊燮(1982b), 月城地域語의 音韻論, 嶺南大出版部.

李翊燮(1986), "慶南方言의 硏究와 特徵에 대하여," 국어연구 7(겨울), 국어연구소.

李翊燮(1987), "平北 義州語의 通時音韻論," 語學硏究(서울大) 23.

李翊燮(1988a), "變則動詞의 音韻現象에 대하여," 語學硏究 24-1.

李翊燮(1988b), "國語 UMLAUT의 硏究史的 檢討," 震檀學報 65, 震檀學會.

李翊燮(1989), "國語 움라우트의 研究史的 考察," 周時經學報 제3집.

李翊燮(1992), "慶尙北道의 方言地理學: 副詞形語尾 '-아X'의 母音調

和를 중심으로," 震檀學報 73.

李翊燮(1993), "語幹의 再構造化와 交替形의 單一化. 方向," 省谷論叢 24.

崔林植(1984), "19세기 흐기 서북방언의 母音體系," 계명대 대학원(석사).

崔銓承(1986), 19세기 후기 全羅方言의 음운 면상과 그 역사성, 翰信文化史.

崔銓承(1990), "움라우트." 國語研究 어디까지 왔나(서울大 大學院 國語研究會 編), 東亞出版社.

崔泰榮(1983), 方言音韻論, 螢雪出版社.

崔鶴根(1978), 國語方言辭典, 玄文社.

韓國精神文化研究院(1987a), 韓國方言資料集Ⅲ(忠淸北道).

韓國精神文化研究院(1987b), 韓國方言資料集Ⅴ(全羅北道).

韓國精神文化研究院(1989), 韓國方言資料集Ⅶ(慶尙北道).

韓國精神文化研究院(1990a), 韓國方言資料集Ⅳ(忠淸南道).

韓國精神文化研究院(1990b), 韓國方言資料集Ⅱ(江原道).

韓國精神文化研究院(1991), 韓國方言資料集Ⅵ(全羅南道).

許雄(1952), "'애. 에, 의, 위'의 音價," 국어국문학 1.

許雄(1968), "국어의 상승적 이중모음 체계에 있어서의 '빈간'(case vide)," 李崇寧 博士 頌壽紀念 論叢, 乙酉文化社.

玄平孝(1986), "濟州島方言의 研究와 特徵에 대하여," 국어연구 6(가을), 국어연구소.

Bloomfield, L.(1983), *Language*, New York: Holt Rinehart and Winston.

Chmsky, N.(1985), *Aspects of a Syntax*, Cambridge, Mass: M.I.T. Press.

Fodor, J. A. and Katz.(1964), *The Structure of Language*, Englewood Cliffs, N.J.: Prentice-Hall.

Francis, W. N.(1982), *Dialectology An Introduction*, London & New York.

Fudge, E. C.(1973), *phonology* Penguin Books.

Halle, M.(1962), "on the Bases of Phonology," in Fodor and Katz(1964).

Halle, M.(1962), "Phonology in Generative Grammar," in Fodor and Katz(1964).

Hausmann, R. B.(1975), "Underlying Representation in Dialectology," *Lingua* 35.

Hyman, L. M.(1975), *Phonology: Theory and Analysis*, Holt, Renehart and Winston, Inc.

Jakobson, R.(1931), "Principle of Historical Phonolgy," in A. R. Keiler.

Jeffers and Lehiste(1979), *Principles and Methods for Historical Linguistics* Cambridge, Mass and London, England, The M.I.T. Press.

Kenstowitz, M. and C. Kisseberth (1979), *Generative Phonolgy*, Bollmington & London, Indiana University Press.

King, R. D.(1969), *Historical Linguistics and Generative Grammar*, Englewood Cliffs, N.J.: Prentice-Hall.

Kiparsky, P. (1971), "Phonological Change," I.U.L. Club.

Ladefoged, P.(1975), *A Course in Phonetics*, New York, Harcourt Brace Jovanvich, Inc.

Malmberg. B(1963), *Phonetics*, New York, Dover Publications, Inc.

Prague Linguistic Circle, "Theses presented to the First Congress of Slavist held in Prague in 1929," in Vachek and Dušková.

Ramsey, S. R.(1977), "Velar Lenition in Korean," 國語國文學論叢 (李崇寧 先生 古稀紀念), 塔出版社.

Sapir, E.(1921), *Language*, New York, Harcourt Brace.

Sapir, E.(1925), "Sound Patterns in Language," in E. C. Fudge.

Saussure, F.(1959), *Course in General Linguistics*, (Trans. by Wade Braskin) New York.

Schane, S. A.(1968), *French Phonology and Morphology*, Cambridge, Mass.

Schane, S. A.(1971), "The Phoneme Revistied," Language 47.

Schane, S. A.(1973), *Generative Phonology*, Englewood Cliffs, N.J.: Prentice-Hall.

Sloat, C, Sh. H. Taylcr, and J. E. Hoard(1973), *Introcuction to Phonology*, Englewood Cliffs, N.J.: Prentice-Hall, Inc.

Vachek and Dušková, eds.(1983/29), *Praguiana*, Amsterdam Jorn Benjamins Publishing Company.

· 저자 ·

이복영   · 약   력 ·
(李福榮)   서울대학교 문리과대학 국어국문학과 졸업
            명지대학교 대학원 국어학 석사
            명지대학교 대학원 국어학 박사
            한국국어교육학회 이사
            전국한자교육추진총연합회 집행위원
            명지대, 인천대, 충북대 강사
            중국 북경 어언문화대 한국어과 초빙교수

            · 주요논저 ·
            『17세기 표기법 고찰』
            『관용어 연구』
            『국어 어휘 연구』
            『중국학생들이 한국어를 배울 때의 문제점』
            외 다수

大阜島 地域語의 通時音韻論

· 초판 인쇄	2006년 7월 20일
· 초판 발행	2006년 7월 20일
· 지 은 이	이복영
· 펴 낸 이	채종준
· 펴 낸 곳	한국학술정보㈜
	경기도 파주시 교하읍 문발리 526-2
	파주출판문화정보산업단지
	전화 031) 908-3181(대표) · 팩스 031) 908-3189
	홈페이지 http://www.kstudy.com
	e-mail(e-Book사업부) ebook@kstudy.com
· 등 록	제일산-115호(2000. 6. 19)
· 가 격	9,000원

ISBN   89-534-5408-5 93810 (Paper Book)
       89-534-5409-3 98810 (e-Book)